長人鬼

高橋克彦

目次

目次・扉デザイン　新井大輔
扉イラスト　吉田光彦

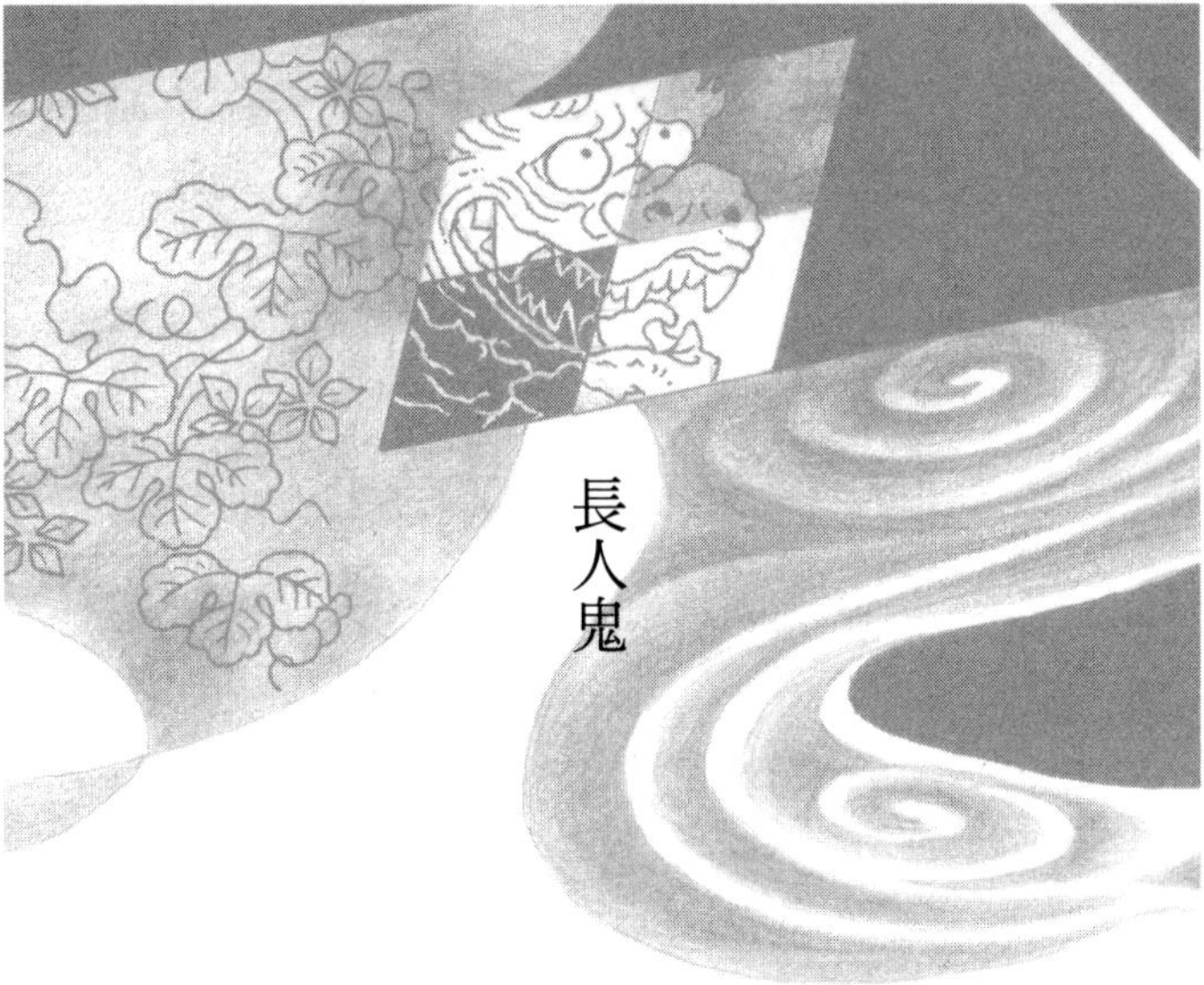

長人鬼

1

奇嬌《ききよう》さと無慈悲なふるまいが目立ち、物狂《ものぐるい》帝とまで呼ばれて恐れられた陽成《ようぜい》帝が、わずか十七の御歳《おんとし》で退位召されたのは元慶《がんぎよう》八年（八八四）のことである。

次の御代《みよ》を継いだのは、この時代としては老齢に含まれる五十五歳の光孝《こうこう》帝であった。だが陽成帝にはこのとき七歳になる貞辰《さだとき》親王という正当な後継者があった。しかも、その親王を産んだ母は関白太政大臣藤原基経《ふじわらのもとつね》の娘である。内裏《だいり》のだれもが、この親王の践祚《せんそ》を信じて疑ってはいなかった。それがこの結果となったのは、基経の深慮遠謀に他ならない。たとえ政《まつりごと》は帝《みかど》より自身が掌握していると言っても、ふたたび幼帝を据えれば内裏に自分の敵を増やすばかりとの判断が生じたのであろう。それほどに陽成帝は内裏の中で忌避《きひ》される存在となっていた。自分の孫に当たる貞辰親王をいずれ帝位につけるにしても、今はまだ時期尚早と見たのである。光孝帝はその繋《つな》ぎ役としてうってつけだった。五十五歳では先が知れている。仁明帝《にんみょう》の子であるから血筋も申し分がない。穏やかな人柄ゆえに、荒れ狂った陽成帝の悪夢を早いうちに忘れさせてくれるだろう。権勢に対する基経の公正さを世に示すことにもなる。唯一案じられるのは、光孝帝が次の御代を貞辰親王へすんなりと譲ってくれるかどうか、であったが、これも践祚して間もなく解決した。光孝帝は自分の子らをすべて臣籍に降ろしてしまったのである。臣籍に下った者はもはや帝位につけない慣《なら》わしとなっている。なるほど、と内裏の者たちは膝《ひざ》を叩《たた》いて諒解《りょうかい》した。これが光孝帝の本意であるわけがない。そういう約束が事前に基経と交わされていたからこその践祚であったかと、いまさらながらに基経のしたたかさを思い知らされる結果となったのである。

しかしそれでも内裏に平穏が戻ることは確かだ。基経の計算は別として内裏に出仕する者たちの大半はこの代替わりを歓迎した。

実際、それから三年近く、内裏はのんびりとした時間を取り戻した。

光孝帝は帝位を贈ってくれたに等しい基経に対する感謝を忘れることなく、形ばかりの天皇の役目に甘んじ、基経もまた陽成帝の御代に生じたほころびの繕いに専念していた。

政治的には珍しく穏やかな数年であったと言えよう。

けれどそれは内裏の中の穏やかさであって、天変地異や鬼の跳梁《ちょうりょう》とは無縁だった。数では陽成帝の時代と変わらぬほどの凶事が内裏の外側では繰り返されていたのである。

無縁と言っても、その報告は当然内裏へもたらされる。天変地異や変事を扱う部署は陰陽寮《おんみょうりょう》と定められている。そして、それがただの自然現象であるのか、あるいは祟《たた》りと見做《みな》すべきかの裁定は陰陽寮の頭《かみ》の判断に委《ゆだ》ねられる。このとき陰陽寮の頭に任ぜられていたのは当代一の術士と衆人より目されていた弓削是雄《ゆげのこれお》であった。

是雄は陽成帝の退位とともに陰陽寮を罷免《ひめん》され、野《や》に下っていたのだが、ふたたび陰陽寮に迎えられて頭の地位にまで引き上げられたのである。陰陽寮と言いながら、陰陽師が頭に据えられるのはそれほど多くない。陰陽寮には陰陽師の他に暦学と天文方を務める者たちが所属していて、この十数年、頭はそのどちらかの纏《まと》めの者に任ぜられるというのが通例となっていたのだ。術士に対する恐れと侮蔑《ぶべつ》の両方がその人事の裏側にある。

なのに是雄が頭に据えられたのは、やはり並外《なみはず》れた術の使い手であることと、尋常ならざる天変地異の繰り返しに内裏が危惧《きぐ》を抱いてのことであろう。大事となる前に是雄を用いて凶事を封じようとしたのである。

「確かに奇妙には違いない」

是雄は回り回って手元に届けられた調書に目を通して苦笑いした。

「これを纏められた紀長谷雄《きのはせお》どのと申されるは、そなたの縁者か？」

是雄は目の前に座っている三人の陰陽師の一人に質《ただ》した。名を紀温史《あつし》と言う。

「別流にございますが、承知しております」

若い温史は得意そうに応じた。近頃の紀氏の衰退は目に余る。別流とは言え太政官の文書作成に関わる少外記《しょうげき》の役職を得て出世の端緒についた紀長谷雄に親しみを感じていたのである。少外記を経て文章博士《もんじょうはかせ》にでもなれば内裏の中枢に食い込める。頭となっても従五位上《じゅごいじょう》が限界の陰陽寮などとは雲泥の差だ。

「すると、そなたの入れ知恵ではないのだな」

そういう質問だったと分かって温史は憮然《ぶぜん》となった。断固として首を横に振る。

「これは本来、陰陽寮が報告すべきこと。記録もすべて中務省《なかつかさしょう》に保管してある。少外記の立場にあれば記録の閲覧も自在であろうが、ふと思い付いた程度では行なうまい。だれぞに指図を受けてのことと見たが……」

頷《うなず》きつつ是雄は調書に目を戻した。それには桓武《かんむ》帝の御代より今に至るおよそ百年間に起きた天変地異や凶事の数々がこと細かく分析されて掲げられているのである。驚くべきはその結果だった。天変地異と言っても明らかな人災である火事や自然現象の地震を除けば数が限られる。紀長谷雄は物《もの》の怪《け》や空に出現した怪星、珍獣の捕獲などのみに絞って凶事と見做しているのだが、それによれば一見平穏と思われる今こそが、百年のうちで陽成帝の御代に続いて凶事の数が多いというのである。数字ばかりを見るならいかにも嘘《うそ》ではない。この三年ですでに三十近い凶事が報告されている。年に均《なら》せば十度。怨霊《おんりよう》や凶事の重なりに怯《おび》えて都を奈良からこちらに移した桓武帝の御代のときでさえ年に均して六、七度だったというのだから、確かに尋常ではなかろう。ましてや物狂帝の御代とほとんど並ぶ頻度と言われれば穏やかではなくなる。

「なにが目的でかような調書を纏められたものにござりましょうか？」

配下の一人が首を捻《ひね》って是雄に質した。

「それは俺《おれ》も知りたい」

是雄はくすくすと笑って、

「凶事を鎮められぬ陰陽寮をだらしないと見てのことか……今の世が決して安穏では

ないと訴えているのか……なにかの前触れと案じているのか……さっぱりだ」

しかり、と皆も頷いた。

「凶事の数については我らにも責めがある。物の怪や怪異にあらずと断ずれば数が減る。これほどの重なりにはならなかったであろう。人手が足りぬせいもある。陰陽寮には陰陽師を七人置くとの定めであるのに、今はこの通り、俺を含めて四人しかおらぬ。これでは遠い国まで真実を確かめには行けまい。都の守りが大事。書面だけでは迂闊《うかつ》な判断を下せぬ。どうしても凶事の数が増える理屈だ」

是雄は溜《た》め息を吐《つ》いた。

暦生《れきしょう》や天文生《てんもんのしょう》であるなら数を揃《そろ》えるのに苦労はしない。だが陰陽師となるとむずかしい。もともとの才が必要とされる。術に未熟な者を数に加えても意味がない。

「この際、淡麻呂《あわまろ》を加えては？」

温史は進言した。淡麻呂は是雄の可愛《かわい》がっている少年で、是雄の屋敷に住んでいる。

「悪鬼を見定める力は我らより遥《はる》かに――」

「淡麻呂は蝦夷《えみし》」

是雄は静かに首を横に振った。陰陽寮の頭は自分である。その推挙があればたいがいの者を迎え入れることができる。だが蝦夷は論外だ。低いとは言え陰陽師には位階が与えられる。蝦夷にはよほどのことでもなければそれが許されない。つまり陰陽寮の陰陽師にはなれないということだ。

「鬼と争うに位階は無用。そうは言っても内裏の定めは曲げられまい」

内裏の門さえ潜《くぐ》られぬはずだ。温史の言うように淡麻呂の力は目の前の三人よりずっと抜きんでている。それを承知しながらどうにもできない自分に是雄は腹を立てていた。

「紀長谷雄どのと対面は叶《かな》うか？」

是雄は話を変えて温史に訊《たず》ねた。

「調書を纏めた本心を聞きたい」

「頭のお望みとあれば」

「段取りをつけてくれ。二人きりになれるなら場所はどこでも構わぬ」

「承知いたしました」

「そなたよりだいぶ年長であろうな」

「だいぶどころか二十も上にござります」

「すると……四十二」

是雄は意外な顔をした。是雄より二つ上である。それでまだ少外記とは出世が遅い。

「紀の一族は疎《うと》んじられておりますゆえ」

察して温史は先に口にした。

「となれば名を広めんとしての調べとも考えられる」

「とは思えませぬ」

温史は否定した。

「長谷雄どのは文章博士であられた菅原道真《すがわらのみちざね》さまの門下にござります。それも菅原さまの方からのお誘いであったとか。これまでに時間が取られただけで今後は違いましょう」

「菅原さまのお声がかりで門下に迎えられたとなれば、いかにもそうであろう」

是雄は頷いた。内裏にあって菅原道真の名を知らぬ者は一人も居ない。文官として仕えながら讃岐守《さぬきのかみ》にまで昇り詰めた人物である。それとて、基経が道真のあまりの才と人望を案じて職務から外そうとしたことへの、光孝帝の配慮と憶測されている。讃岐守としてしばらく任地に赴《おもむ》かせ、ほとぼりを冷まさせようとしたというわけだ。真実はむろん分からないが、そういう噂《うわさ》がまことしやかに伝えられるほどの巨人ということである。国司の任期を無事に勤め上げて内裏に戻れば参議《さんぎ》の道すら開かれている。その道真の後ろ盾を得たからには将来が約束されたも同然であろう。

「いずれにしろ……当の我らとてこの調書の結果には驚いた。なにゆえこれほどに凶事が相次ぐのか究明せよとのお達しが必ず下されよう。忙しくなるぞ。そなたらには諸国に散って貰《もら》わねばならなくなる仕儀となろう。旧聞とて洗い直さねばなるまい。人が足りぬと言うても簡単に頷いてくれそうにない」

「覚悟しております」

三人は緊張の面持ちで応じた。

「無意味なことではあろうがな」

是雄は苦笑を禁じ得なかった。洗い直して、それが凶事ではなかったとなれば数が減る。それで政の中枢にある者たちは安堵《あんど》するのだろうが、だからと言ってなにが解決するわけでもない。たった一匹の物の怪が世の中を地獄に変えることも有り得る。是雄はだれよりもそれを承知していた。

2

是雄は温史を伴って内裏を出た。

是雄の屋敷は右京の三条二坊にある。図書町の裏手に当たる静かな一画だ。内裏から歩いて四半刻（三十分）とかからない。

「勤めには慣れたか？」

郎党《ろうとう》の甲子丸《きねまる》に手綱を引かせながら是雄は馬上から温史に質した。温史は徒歩である。

「まだ一年にもなりませぬ。内裏の堅苦しさに冷や汗を掻《か》き通しにございます」

「陰陽寮は特別。気にするな。堅苦しさは内裏の門を潜るときだけでよい」

「とは申されましても……」

「腕さえ立てばいい。それが我らの役目」

「頭には感謝の言葉も……頭でなければ紀の者をまた陰陽寮に加えて下されるなど」

温史は深々と頭を下げた。陽成帝に関わるものなので公にされていないことではあるが、つい先年、内裏を揺るがす大きな事件があったのである。それに陰陽寮に仕える紀の一族の一人が深く介入していた。公となっていたなら一族すべてに累が及んでいただろう。その事件を解決したのが是雄で、是雄はその功績によって陰陽寮の頭に昇格したと言ってもいい。

「紀の者であるかどうかなど無縁。術士としての腕を見込んでのことだ。己れの器量で得た仕事と心得るのだな」

「命を惜しまずに働きます」

「いや、命は惜しめ。卑しき鬼ごときを相手にして死んでは詰まらぬ」

あはは、と笑ったのは甲子丸だった。

甲子丸は是雄に仕えて何度となく修羅場《しゅらば》を乗り越えている。

「淡麻呂といい甲子丸といい、頭は不思議な配下をお持ちにございます」

温史は本心から言った。

「それに……あの芙蓉《ふよう》どの」

「好きになったか」

「滅相な。小馬鹿にされ通しです」

慌てて温史は言いつのった。

「芙蓉は陸奥《むつ》で山賊の頭目《とうもく》をしていた。都の娘とは大違い。しかし、優しい心を持っている。そう嫌っては可哀相《かわいそう》だぞ」

「もちろん。知っておりまする」

温史の耳朶《じだ》が赤くなった。

「知っていたとて刀が怖いというやつですな」

甲子丸がからかった。

「芙蓉が思いを寄せておるのはご主人さまただ一人。無駄な懸想《けそう》と申すもの。女子《おなご》のことなど頭にないご主人さまより、手前はよっぽど温史さまの方が似合いと思うが……これればかりはどうにもならんわさ」

「似合いか？」

温史は顔を輝かせた。

「芙蓉は自分より強い者でないと靡《なび》かぬ。力を示すのがなにより。と言うて芙蓉より強い者は滅多におらぬ。そこがむずかしい」

「そうだよな」

大真面目な顔で温史は嘆息《たんそく》した。術については多少の自信があっても刀はまるで使えない。腰に下げているのさえ重くて面倒だ。

「淡麻呂を味方につけるのがいいかも知れませんぞ。芙蓉は淡麻呂を弟と思っている。淡麻呂の先を見通す力も信じている。もし淡麻呂が芙蓉に、温史さまこそ生涯を連れ添う男と吹き込めばひょっとして――」

「よさぬか」

是雄は呆《あき》れた顔で甲子丸を制した。

「そんな呑気《のんき》なときではなくなった」

は、と温史も気を引き締めた。

「芙蓉のところまで式神《しきがみ》を飛ばせられるか」

是雄は笑いに戻して温史に質した。

「東市《ひがしのいち》の店にでござりますか」

温史は唸《うな》った。芙蓉は東市に食い物と酒を出す店を開いている。東市には諸国の人間が集まる。情報が得られやすい。それを狙《ねら》って是雄が開かせているものだ。

「芙蓉が屋敷に参るよう式神を操ってみろ」

「黙っていたとて今夜辺りは参ります」

甲子丸はにやにやとした。

「試してみます」

温史はふっと息を吐いてから懐ろに手を入れて紙を取り出した。懐中の矢立てから短い筆を取ると紙に人の形をさらさらと描く。その人の形の中に呪符《じゅふ》を丁寧に書き入れた。是雄の目があるので緊張する。呪符をわずかでも間違えばただの紙で終わる。細かく点検した後に温史は九字《くじ》の印《いん》を切って神の加護《かご》を願った。口の中で低く呪文《じゅもん》を唱え続ける。

気の盛り上がったところで温史は紙をふわりと指から離した。紙はたちまち風に運ばれて高く空に舞った。ほほう、と甲子丸が空を見上げる。紙はしばらく頭上で舞ってから、勢いよく飛んでいった。東市の方角である。

「芙蓉の手元に届くかな」

是雄は微笑《ほほえ》んで、

「今夜の楽しみがこれで一つ増えた」

二人に先を促した。

陰陽寮の頭《かみ》の屋敷なれば郎党や下働きの女が七、八人居てもおかしくないはずだが、是雄は甲子丸と淡麻呂の二人を側《そば》に置いているだけである。

「戻ったぞ」

甲子丸は門を潜ると大声で淡麻呂に知らせて馬を厩《うまや》に引き連れて行った。

淡麻呂が人一倍大きな頭を揺らしながら迎えに出た。だが体付きは幼い。とても十六になるとは思えない童顔でもある。

「早目に退出した。昼寝の邪魔をしたか」

眠そうな淡麻呂に是雄は刀を渡した。

「温史が来るので飛び起きて菓子を買いに出た。旨《うま》そうな饅頭《まんじゅう》を見付けた」

淡麻呂に是雄と温史は顔を見合わせた。温史を同道して戻るとは知らせていない。

「頭と私の姿でも見たか？」

うん、と淡麻呂は陽気な顔で温史に頷いた。

「昼寝の夢の中でか？」

温史は詳しく訊ねた。術士は術を用いて先行きを見るが、淡麻呂は違うらしい。

「甲子丸の声で起こされた。迎えに出たら門前に是雄と温史が今のように立っていた」

「いつ頃のことだ？」

「よく覚えていない」

淡麻呂は面倒臭そうに返して先に進んだ。菓子を買って来たというからには半刻やそこらは過ぎていよう。是雄たちが内裏を出る前のことになる。

「驚くべき才にござります」

温史は何度も吐息した。

「この頃また力が増大したようだ」

是雄は庭に面した部屋に温史を誘った。屋敷内は広いが、使っている部屋は少ない。三人しか住んでいないのだから当然である。

「淡麻呂の頭は人の倍もある。我らには分からぬ力が隠されているのだろう」

是雄は濡れ縁に胡坐《あぐら》をかいた。

「神が宿っていたと申すは本当ですか?」

「だれから聞いた?」

「甲子丸からです」

「また余計なことを」

是雄は軽く眉根《まゆね》を寄せた。

「申し訳ありませぬ」

「そなたが謝ることではない」

是雄は笑って今の話を認めた。

「だが、神は天に戻られた。今は淡麻呂一人の力によるもの」

「神が中に在《あ》ると察して陸奥より淡麻呂を連れ帰ったのでございますか？」

「でもないが……行き掛かりだ」

「頭にも神がついておられるのでしょう」

「俺の術は修行で得たもの。淡麻呂とは違う。それゆえに厄介《やっかい》でもある」

「なにがです？」

「淡麻呂さ。なぜ見えるのか淡麻呂自身にも分かっておらぬ。自ら望んで見たものではないゆえ、見えたものの意味が摑《つか》めぬ。当人が戸惑《とまど》うことの方が多い。半月ほど前に下野《しもつけ》で大きな地揺れがあったであろう」

「三日前に知らせがあったものですね」

「国分寺の塔が崩壊して多くの人死にが出た。その地揺れを淡麻呂は二月《ふたつき》も前に夢で見た。泣きじゃくっている淡麻呂を俺が起こして理由《わけ》を問い質した。三日前にその知らせを受けたとき、思わず身震いを覚えたぞ。淡麻呂の夢を思い出したのだ。夕刻の出来事といい、塔の崩壊といい、ことごとく合致する」

うーむ、と温史は唸った。

「遠く離れた下野のことを見るなど、途方もない力としか言えぬが……淡麻呂にはそれがどこのことで、いつ起きるかまでは分からぬ。あとでそれと気付かされるばかり。たとえ蝦夷でなくても陰陽寮に迎えることは考えものであろう。変事を言い当てる力があっても、防げぬでは騒ぎを大きくするだけだ」

確かに、と温史も首を縦に動かした。

「それに……頭である俺を呼び捨てにする配下が陰陽寮に加わっては具合が悪い」

温史はぶっと噴き出した。

屋敷に出入りする三人の陰陽師は承知だが、他の者たちは知らない。いかにも十六の子供が是雄と呼び捨てにすれば仰天《ぎょうてん》しよう。

「何年も捨て置いた。いまさら頭と呼べとは言いがたい」

「芙蓉どのも頭を呼び捨てに」

「それを淡麻呂が真似《まね》ているのだろうな」

諦《あきら》めた顔で是雄は言った。

そこに甲子丸と淡麻呂が夕餉《ゆうげ》の膳《ぜん》を運んで来た。焼いた餅《もち》に煮染《にし》めと干魚なので用意もたやすい。淡麻呂の買った饅頭も山盛りにされている。

「これは御馳走《ごちそう》にございます」

「世辞は無用だ」

「世辞ではありませぬ。遠慮なく」

温史は嬉《うれ》しそうに煮染めを頬ばった。

「そなたの身内は何人であった？」

是雄は温史に訊ねた。

「祖父と両親の他に弟と妹が三人おりまする。賑《にぎ》やかで退屈はしませぬが」

「内裏の支給ばかりでは楽ではないな」

是雄が命じる前に淡麻呂は饅頭を紙に包みはじめた。土産に持たせる心積もりである。

「そんなつもりで言うたのでは」

温史は恐縮した。だが目は笑っている。

「この屋敷に移らせる気で今夜は誘ったが、そなたが居なくなれば寂しかろう」

「手前をここに！」

温史は箸《はし》を止めて是雄を見詰めた。

「頭の思《おぼ》し召しとあれば喜んで」

温史は両手を揃えて頭を下げた。

「今後なにが起きるか知れぬ。いつも身近にあれば俺にも好都合。身内の許しを得たれば、いつでもこの屋敷に移るがいい」

「明日にでも道具を運んで参ります」

温史は即座に返した。

「埃《ほこり》だらけだが部屋はいくらでもある。好きに選んで使うがよかろう」

「なにやら夢のようにござります」

「芙蓉もときどき顔を見せますしな」

甲子丸に温史はぼりぼりと頭を掻いた。

「おなじ部屋にしよう」

淡麻呂もはしゃいで温史を歓迎した。

「おいら一人だと広過ぎて夜が怖い」

淡麻呂の言葉に皆は爆笑した。


芙蓉が屋敷を訪ねて来たのは、それから一刻後のことだった。苛々《いらいら》と待っていた温史は芙蓉を見て安堵の笑みを洩《も》らした。

夜の一人歩きを考えてのことか男の格好をしているが、それが逆に芙蓉の凜々《りり》しい美しさを際立たせている。

が、来たのはただの偶然らしいと分かって温史はがっくり肩を落とした。

「店を留守にでもしていたか」

是雄も怪訝《けげん》そうに問い質した。温史の記した呪符に手落ちはなかったはずである。届かないわけがない。もし途中で力を失って紙切れに戻ったとすれば温史の術の未熟さとなる。

「ずうっと居た。式神など気付かなかった」

芙蓉はあっさりと口にした。

「もう一度試してみよ」

是雄は温史に目配せした。温史は頷くと皆の目の前で繰り返した。淡麻呂が覗《のぞ》き込む。複雑な呪符をやすやすと書き付ける温史に淡麻呂は感心した。やがて書き終えた温史はおずおずと是雄に手渡した。是雄はくまなく目を走らせた。問題はない。

「髪の毛を一本くれ」

是雄は芙蓉に頼んだ。芙蓉は後ろに長く束ねているだけの髪を一本引き抜いた。

「式神に探させる。上手《うま》く隠れろよ」

是雄は芙蓉に命じた。芙蓉は細身の刀を手にして立ち上がった。

「どこでも構わぬのだな？」

「となりの部屋では式神が無駄となる」

笑って是雄は促した。芙蓉は消えた。

「あとはそなたの腕次第」

是雄は温史に髪の毛と呪符を返した。

温史は紙の端に芙蓉の髪の毛を結び付けた。印を切って呪文を繰り返す。淡麻呂は熱心に見守った。さきほどの失敗を気にしてか温史の呪文はなかなか止《や》まない。気持ちを一つにできないのだろう。おなじ屋敷内に居る者を探すなど、さほどむずかしい術ではない。この程度ができぬでは陰陽寮に仕える資格もないというものだ。腹をくくったらしく温史は大きく息をして紙を指から離した。

式神となった紙は温史の真上を舞った。

芙蓉を探すよう温史は念じた。

式神はゆっくり部屋の中を一回りしてから暗い廊下へと流れていった。

是雄と温史は腰を上げて式神を追った。淡麻呂も歓声を発してついて来る。

「あちこち迷ったと見えます」

式神の動きを見て甲子丸は笑った。

やがて式神は道場の戸の前で止まった。甲子丸が板戸を開けると同時に入り込む。

月明りに芙蓉の踏んだ足跡がくっきり見えていた。

「はて……」

温史は小首を傾《かし》げた。その足跡が道場の真ん中で途切れているのである。まさかと思いつつ温史は額《ひたい》を上げた。太い梁《はり》が見えた。しかし取り付けるような高さではない。

そこに両断された紙がはらはらと落ちて来た。温史は絶句して暗闇《くらやみ》に目を凝《こ》らした。

梁の上に黒い影が張り付いている。

「芙蓉の負けだ」

是雄が言うと黒い影が半身を起こした。

芙蓉はふわりと道場の床に舞い降りた。

「どうやって登った？」

温史は信じられぬ顔で質した。

銅の重しのついた縄を芙蓉は示した。これを投じて梁に攀登《よじのぼ》ったのである。

「うるさい式神だったぞ。払っても離れぬ」

それで刀で両断したのだと言う。

「やはり術に過ちはなかったようだ」

是雄は顎《あご》に指を当てて温史を見やった。

「では……なぜ届かなかったのか……」

是雄に温史も首を捻るしかなかった。

いきなり淡麻呂が悲鳴を上げた。淡麻呂の怯えた目は芙蓉に注がれている。

「お化けが……お化けが」

淡麻呂はその場にうずくまった。

是雄は芙蓉の背後を探った。なんの気配もない。芙蓉も振り向いて確かめた。

「心配ない」

是雄は震えている淡麻呂を落ち着かせた。

「なにを見た？　芙蓉を襲ったのか」

それに淡麻呂は泣きそうな顔で頷いた。

「どんな化け物だった？」

「お姉ちゃんの倍もあるでっかいやつ」

「鬼か？」

「人だよ。屋根まで届くような」

淡麻呂は必死で訴えた。

「屋根ほどの背丈の者などこの世におらぬ」

是雄は苦笑いして淡麻呂を立たせた。

「それに、人が相手なら滅多に負けまい。芙蓉の腕はおまえとて承知であろうに」

そうだ、と芙蓉も請《う》け合った。

「大丈夫？」

淡麻呂は不安を浮かべて是雄を見詰めた。

「あいつはきっとここに来る」

「退治するのが役目」

是雄は淡麻呂の肩を軽く叩いた。

3

是雄の予測は的中した。

二日後の昼に是雄は中務省の大輔《たいふ》から呼び出しを受けて、今の御代となってからの凶事の見直しを命じられたのである。是雄は聞き流すつもりでいたが、命令は一月《ひとつき》以内と日を限った厳しいものだった。

「いかがにございました？」

陰陽寮に戻ると配下らが部屋に集まった。暦生や天文生も顔を揃えている。

「関白さまのご命令とあれば致し方ない」

渋い顔で是雄は伝えた。

「陰陽師だけの役目と考えていたが、一月のうちにと言われては無理であろう。判断は詳しい聞き取りを元に私が下す。ご苦労だが皆に出掛けて貰わねばなるまい。しかし筑紫《つくし》と出羽《でわ》の鬼については陰陽師でなければ案じられる。怪しき光や怪魚とは別物だ。虚言であったとしても侮《あなど》るわけには参らぬ」

是雄は二人の配下に出張を命じた。

「手前はどこの調べを？」

温史が逸《はや》って膝を進めた。

「内裏の守りに一人は残しておかねばな」

是雄に温史は残念そうな顔をした。

「陰陽寮の一番の務めは内裏の守護。できるなら一人とて欠かしたくない。筑紫と出羽では二十日以上の留守となる」

是雄は一喝《いっかつ》した。

「寂しくなりました」

旅の支度《したく》で退出した者は陰陽寮の半分以上にも及んだ。ことに陰陽師の詰め所には是雄と温史しか居ない。もともと定員に満たない数であったが、詰め所が広々と感じられる。頭《かみ》の部屋は別にあるので、このがらんとした詰め所に一月近くは温史一人となる。

「これでは御霊《ごりよう》鎮めもままなりませぬ」

不意の御霊会《ごりようえ》を上から命じられても対応ができない。四人が最低でも必要である。

「そのときは市中の陰陽師に手助けを頼むしかあるまい」

「あの者らになんの力も……」

あれば是雄が陰陽寮に配下として迎えているはずである。銭が目的の者たちばかりだ。

「呪文程度は学んでいよう」

是雄は笑った。

「頭のご一族にはおられませぬので？」

温史は質した。是雄の出自は播磨《はりま》である。播磨は古くから多くの陰陽師を世に出してきた地として聞こえている。ましてや弓削と言えば弓削道鏡《どうきょう》に繫《つな》がる術士の名流だ。朝廷を牛耳《ぎゅうじ》った道鏡の悪名は百年以上が過ぎた今でさえ口にするのを憚《はばか》られるものではあるが、術の凄《すご》さは否定できない。是雄のそれも道鏡譲りというものであろう。

「弓削の一族は術を学ぶことを封じてきた。俺の他に一人としておるまい」

「それでは、なぜ頭ばかりが？」

「修行に励んだのは、我が師滋丘川人《しげおかのかわひと》さまと巡り合うてからのこと。川人さまも播磨のご出身でな……俺の詰まらぬ噂を耳にして、わざわざ訪ねて来てくだされた」

是雄には悪鬼を見る天性の才があったのである。弓削の家ではむしろ忌避される力であった。だが川人は是雄に会うと陰陽寮への出仕を熱心に促した。その当時川人は内裏の御霊会を仕切るほどの名人と多くから賞賛されていて、陰陽寮でも権助《ごんのすけ》の地位にあった。地方の小役人に過ぎない是雄の父親が断われる相手ではない。そうして是雄は陰陽師の道へと進んだのだ。

「まるで淡麻呂とおなじにござりますな」

「淡麻呂の方が上だ。播磨には鬼が少なかったのかも知れぬが、あれほどしばしば鬼を見たことはない。俺に見えたのは死者の供物を食い散らかす餓鬼《がき》ぐらいのもの」

「淡麻呂を養子になされて蝦夷との縁を断ち切ってはいかがでございましょう。そうすれば陰陽寮に迎えることとて――」

「陰陽師となるは誉《ほま》れか？」

苦笑して是雄は温史に言った。

「淡麻呂が自らそれを望むと言うなら考えぬでもないが……勧められぬ仕事だ」

「手前は誇りと感じております」

「川人さまはいつもおっしゃっておられた。陰陽師は人にあらず。人とは別の道を歩かねばならぬ身。己れも鬼とならねば鬼のことが分からぬ」

「…………」

「どうするかは淡麻呂が決めること」

「人とは別の道を歩かねばならぬ身……」

「たまたま内裏に籍があるだけと心得よ」

「出世を考えてはいけませぬか」

「鬼はその心の隙間《すきま》に食らいつく」

「恐れ入りましてございります」

温史は是雄の前に平伏《へいふく》した。無官の身からいきなり陰陽寮に招かれ、従七位の位階を授けられて有頂天になっていたのだ。

「紀長谷雄どのの件はどうなっている？」

是雄は話を変えた。

「あの調書のお陰で忙しくなった。会って嫌味の一つも言いたくなる」

「大伯父に仲介を頼みました」

「俺の屋敷ならだれの目も届かぬ。そなたも今は一緒に居る。それがよかろう」

「いつがよろしゅうござりますか？」

「当方から願うのだ。いつでもいい」

は、と温史は承知した。

4

三日後の真夜中のことである。

夜の蒸し暑さと人気のないのを幸いに役目など忘れて羅城門《らじようもん》の石畳に胡坐をかいて雑談に興じていた門衛の一人が、闇に怪訝な目を向けた。鳥羽作道《とばのつくりみち》になにやら大きな白い影が揺らめいているのだ。その影は次第に羅城門へと近付いて来る。

「なんじゃ？」

他の同僚も気付いて腰を上げた。脇に転がしていた矛《ほこ》を握り締める。

「なんに見える？」

一人が怯えの目をして口にした。

「人のようじゃが……まさかな」

それに皆も頷いた。白い影のてっぺんは彼らがいつも見慣れている松の枝よりも上にあった。矛を伸ばしてようやく届く高さだ。

「しかし……人の衣を纏っておる」

ふわふわと左右に広がる白い影が、どうやら袖《そで》らしいと見て門衛たちは青ざめた。

「じょ、冗談ではない……まさしく人じゃ」

門衛たちは思わず逃げ腰となった。助けを呼ぼうにも、この時刻ではだれも居ない。振り返ると人っ子一人見えない朱雀大路《すざくおおじ》が闇に真っ直《す》ぐ伸びているだけだ。周辺の屋敷も都の端とあって空き家ばかりとなっている。

「何者じゃ！　返答せい」

矛を前に突き出して一人が叫んだ。その足はがたがたと震えている。他の三人も慌てて矛を構えた。

白い影は気にせず接近した。

門前にいくつも焚《た》かれている篝火《かがりび》の明るさの中にその影が入って来る。紛《まぎ》れもない人間であった。

門衛たちは驚愕《きょうがく》して見上げた。篝火の明りさえ相手の顔には届いていない。胸元まで照らすのがせいぜいなのである。腰に下げている長い刀が門衛たちの頭より上にある。

門衛たちは肩を寄せ合うように固まった。

矛の先が揺れて定まらない。

姿は人であっても、このような人が居るわけがない。鬼と悟ったのである。

「内裏はこの先か？」

体に似つかわしくない優しい声がした。

門衛たちはへたへたと石畳に尻餅《しりもち》をついた。

「門とて寂《さび》れておるな」

鬼はふわりと前に進むと、門衛たちを跨《また》いで背後に立った。門衛たちは矛を捨ててひたすら石畳に額を擦《こす》り付けた。抗《あらが》う勇気などない。

「我が住まいには不服じゃ」

門衛を無視するように鬼は朱雀大路へと歩《ほ》を進めた。人の何倍も速い。白い影は見る見る闇に溶け込んだ。

門衛たちが我を取り戻したのは、それから少ししてのことだった。

「ど、どうする……」

泣きそうな顔で一人が喚《わめ》いた。

「お知らせせねば」

しかし、知らせる内裏は鬼の消えた方角でもある。頷きつつもだれ一人立たない。

「東市には衛士府《えじふ》の詰め所があろう」

それだ、と皆は腰を上げた。四人は我先にと東市目指して駆け出した。

5

「長人《ちょうじん》と言ったのか」

是雄は出仕前の未明に屋敷へやって来た芙蓉に聞き返した。東市の衛士府の詰め所に羅城門の門衛たちが駆け込んで異変の報告をしたと言うのである。芙蓉は東市の店に寝泊まりしている。それで真っ先に知ったのだ。

「人の倍以上も背丈があって、痩《や》せた者だったとか。それで長人と——」

「淡麻呂が見たのはそれか」

「だからこうして是雄に知らせに来た」

「信じられぬな」

是雄は腕を組んで、

「鬼なれば門衛をそのままにはすまい。人なれば有り得ぬ背丈。どうにも奇妙」

「衛士府の者も怪しんでおるようだ。早速に羅城門へ走ったが、足跡もない。だが、四人もの門衛が見たと繰り返している」

「幻を見せることはたやすい」

是雄は簡単に返した。

そこに温史と甲子丸が現われた。

「なるほど、幻な」

芙蓉も得心の顔をした。

「なれど……淡麻呂が見たのとおなじなのが気に懸かる。それがなければ笑い飛ばしていたところだ」

「結局、なんなのだ」

芙蓉は詰め寄った。

「内裏への道を問い質したとなると……異国の者かも知れぬ。異国には背丈の高い者もおるらしい。と言うたとて倍まではなかろうが」

「異国の言葉を用いてはおらぬ」

「学べばだれにでも話せよう」

「鬼でも幻でもないと？」

「なんの悪さもしておるまい。断ずるのは早過ぎる」

「呑気なことを」

芙蓉はふくれた。

「淡麻呂が言うたであろう。そやつは私を襲うに違いない。それで来たのではないか」

「恐れているとも見えぬが」

是雄はにやにやとした。

「恐れはせぬが、退治せねばならぬ相手」

「では、来るのを待つしかない。足跡を残さぬ者を探すのは厄介。人手も足りぬ」

「そういう薄情者であったか」

「まだ早いと言うたのだ。よく考えてみろ。そなたばかり襲ってなんとする？　それが目的で姿を現わしたのではなかろう。そなたを襲うのは、なにか目障《めざわ》りと向こうが感じてのこと。手出しをせぬうちはそなたも無事だ」

「そうであろうか？」

「睨《にら》みに外れはないはずだが……温史に警護と調べを任せてみるか」

是雄に温史は張り切った。

「と申して、毎日の東市とこの屋敷の行き来は無駄となる。警護を頼むつもりならそなたも今日からこちらへ移れ」

「調べはともかく、警護は要《い》らぬ」

芙蓉は温史を軽く扱った。

「鬼の場合、刀は通じぬ」

是雄は真面目な顔で芙蓉に言った。

「温史は俺が見込んで招いた術士」

分かった、と芙蓉は素直に受け入れた。

「ずっと目を離すなということで？」

温史は首を傾げて、

「そうなると出仕の間は？」

「芙蓉のことだ、やむをえまい。陰陽寮の務めは俺一人で果たす」

「ですが……それでは」

「淡麻呂が見たからには芙蓉の身に危険が迫っているのも確か。頭《かみ》の立場でなければ俺が付き切りにならねば叱《しか》られるところだ」

是雄に温史も了解した。

「人手が足りぬと申されるなら」

甲子丸が口を挟んだ。

「髑髏鬼《どくろき》に頼めばいかがで？」

「あんな者、役には立たぬ」

芙蓉は鼻で笑った。

「喧《やかま》しくなるだけではないか」

「髑髏鬼と申しますと？」

初耳の温史は是雄に目を動かした。

「下野から川人さまが連れ帰った鬼でな」

是雄は困った顔をして、

「いかにも喧しくなるだけかも知れん。頭が働く者ではあるが、腕は頼りない。芙蓉を守るほどの力はなかろう」

「どころか傍観に回る。元は盗人《ぬすっと》だ」

芙蓉に是雄は大笑いした。

「その髑髏鬼とやらはどこにおりまする？」

「化野《あだしの》の川人さまの塚に埋めてある。でないと勝手に抜け出て悪さをしかねぬ」

「埋めてあるとは……死骸《しがい》にござりますか」

「髑髏鬼とは、成仏《じょうぶつ》できぬ魂が髑髏にそのまま取り残されたもの。あの者は酒と女への未練を断ち切れなかったようだ」

「厄介そうな鬼ですね」

温史は呆れ返った。

「おしゃべりな者で、案外と面白い」

「男にはそうであろう。女の尻ばかり追いかける色惚《いろぼ》けじじいに過ぎぬ」

芙蓉にはそれでも笑いが見られた。

「本当に頭の周りには不思議な者ばかり集《つど》っておられます」

温史は溜め息を吐いた。

「まともな者は自分一人と言いたいらしい」

温史は芙蓉に慌てて謝った。

「まぁ、確かに早かろう。あの無駄口に付き合っている暇はない」

是雄は甲子丸に朝餉《あさげ》の支度を命じた。

6

温史を屋敷に残して内裏に出仕した是雄はさすがに忙しい一日を過ごした。陰陽師が是雄一人となったので頭と言ってもその役目を果たさなければならない。内裏の安泰を願う定時の祈禱《きとう》も欠かすことができない。

退出の刻限が近付き、一息入れているところに基経からの急な呼び出しがあった。関白から直接とは異例のことである。

早速に是雄は駆け付けた。

案内された部屋に基経は一人で待っていた。

「淡路《あわじ》に行ってくれ」

いきなり基経は口にした。

「は？」

思わず是雄は額を上げた。

「讃岐に赴いている菅原道真より御霊会の要請があった。お帝《かみ》も案じ召されて、早々に対処いたすようおおせられた」

基経は苦々しい顔で返した。

「陰陽寮における都以外での御霊会は前例のなきこと。なにが起きてござります？」

「淡路廃帝に関わることらしい」

「淡路廃帝……」

百年以上も前に孝謙《こうけん》上皇より謀反《むほん》の疑いをかけられて帝位を剝奪《はくだつ》され、淡路島に配《はい》流《る》となった淳仁《じゅんにん》帝のことである。淳仁帝はそれからわずか一年後にその地で亡くなっている。確かに怨霊となっても不思議ではない身ではあるのだが――

「なにゆえ今頃になって」

是雄は小首を傾げた。

「儂《わし》にもよう分からん。なれど讃岐守の要請とあれば捨て置かれぬ」

「らしい、と申されましたな？」

「憚ることゆえ道真も御名《みな》をはっきり示してはおらぬのじゃ。しかし、淡路での御霊会となると、大方の察しがつく」

なるほど、と是雄も得心した。

「淡路廃帝ほどの御霊を鎮められる者はそなたしかおるまい。道真もそなたを名指ししておる。いたしかたない。御霊会をやるかやらぬかは別のこととして、とにかく明日にでも淡路へ――」

「お言葉にございますが」

是雄は基経に膝を進めて、

「手前は弓削道鏡の流れに連なる者」

「それがいかがした？」

「廃帝の淡路への配流については道鏡が深く関わっておりまする。その進言を受けて孝謙上皇さまがご決断召されたこととか。まこと淡路廃帝の御霊であるなら厄介な仕儀に……手前を必ず敵と見做しましょう」

「そなたを道鏡と見てか？」

「有り得ぬことではございませぬ」

うーむ、と基経は唸った。

「騒ぎとなっても構わぬとおおせであれば淡路にも足を運びますが……」

「道鏡の流れ……か。うっかりとしておった」

基経も不安を浮かべつつ、

「じゃが……そなた以外にだれがおる？　相手はただの鬼や物の怪と違う。迂闊な者に調べを任せるわけにはいくまい」

「さようにござりましょうな」

それには是雄も頷いた。

「ただし……」

「まだあるのか？」

基経はじろりと是雄を睨み付けた。

「手前以外の陰陽師がすべて出払っております。陰陽寮が空となりますぞ」

「そうか……凶事の調べを命じてあったの」

「御霊会を執《と》り行なうにしても、直ぐには無理とお心得おきくだされ。簡単な祈禱で済むなら手前一人で足り申すが、御霊会には四人がどうしても要り用となりまする。その数が揃うのは早くとも二十日後」

「面倒ばかり重なっておる」

基経は大きな溜め息を吐いて、

「ま、案じたとて仕方ない。淡路の一件はなにより先にけりをつけねばならぬ。大袈《おおげ》裟《さ》なことにならぬよう始末いたせ」

「封じよということで？」

「無論じゃ。いまさら廃帝の御霊など認めるわけにはいかん。内裏の威信に関わる」

「菅原さまの書状を拝見仕《つかまつ》りたく存じます」

是雄は願った。どのような変事が起きているか知らぬでは請け合いもできない。それに淡路のことになぜ讃岐守である菅原道真が関わっているかもよく分からない。

「見せるまでもない」

基経は一蹴《いっしゅう》した。

「道真とて噂を耳にした程度のようじゃ。他国ながら、ことが淡路廃帝と関わっていそうじゃと見て早目の要請を出したに過ぎぬ」

「…………」

「道真にも会うてはならんぞ」

「では隠密《おんみつ》の調べにございますか」

「この話、内裏ではまだお帝と儂しか知らぬ」

「となれば身分も明かされませぬな」

淡路島は讃岐と近い。役人に名乗りでもすれば道真にたちまち伝わる。

「そなたなればと見込んでのこと」

珍しく基経は頼みの口調となった。

「承知してござる」

是雄は頷いた。やるしかない。

「関白さまは——」

是雄はついでに訊ねた。

「本日の未明に羅城門に出現いたせし長人についてなにかお聞き及びにござりまするか」

「長人？」

基経は怪訝な顔をした。初耳と見える。

「確たる話にはござりませぬ。異様に背丈の高い者が姿を見せたというだけのことで」

是雄は笑って取り下げた。無駄に不安を煽《あお》り立てるだけのことになる。

「凶事が増えておると申すはまことか？」

基経はさり気なく質した。

「些細《ささい》な怪事の数が増えたとて気になされることはござらぬ。反対に一つの怪事でも大事に至ることがあり申す。数に拘《こだわ》るのは無意味。手前にはそれしか申し上げられませぬ」

分かった、と基経は安堵を見せた。

「それはまた急なことで」

屋敷に戻って伝えると温史は目を丸くした。

「関白じきじきの命とあれば行くしかあるまい。悪いが留守を頼む。甲子丸を同行いたせば淡麻呂がこの屋敷に一人となる」

「何日ほどのお留守となりましょう?」

頷いたあとに温史は訊ねた。

「少なくとも往復で七、八日はかかろう。調べに手間取ればもっとだ」

「屋敷のことはともかく、それでは陰陽寮が心配となりまする」

「一人も陰陽師がおらぬではまずいか」

是雄は腕を組んで、

「芙蓉の守りをそなたに頼んだが……いっそのこと芙蓉も淡路に連れて行こう。そうなればそなたが陰陽寮に出仕できる」

「それがようございます」

と返した温史だったが、どこか残念そうな顔でもあった。

「まさかとは思うが……淡路廃帝と定まったときは迂闊に手出しができぬ。関白は避けたがっているようだが、やはり御霊会で穏便に魂を鎮めるしかあるまい。俺一人が勝手に封じられるお人ではなかろう」

是雄は暗い顔で言った。

「淡路からの凶事の知らせは得ておりませぬが……」

温史は不審な顔をした。

「あるいは菅原さまが手を回し、封じていたのかも知れぬ。ただの凶事では済まぬこと」

「考えられます」

温史は頷いた。

「隠密の調べというのがもどかしい。その場合、民らにも口止めさせていよう。一から調べ上げる必要がある。都合よくなにかが出現してくれればいいのだが……奇妙に俺が行くと騒ぎが静まる」

「物の怪も頭を恐れておるのでございます」

温史は笑った。

「そろそろ芙蓉らをここへ」

是雄は温史に命じた。

「肝腎の芙蓉が淡路に行かぬと言い張ったときは――」

「喜んで頭に従いましょう」

温史は請け合って腰を上げた。


「なんでそう次々に重なる」

淡路への同行は直ぐに承知したものの芙蓉は呆れた顔で是雄に詰め寄った。

「長人と呼応してのことか？」

「淡路廃帝がか」

言われて是雄は戸惑った。考えてもみなかったことである。

「無縁であろう」

「断言できまい。昨日の今日だ」

「話が出たのはいかにも今日だが、菅原さまがその要請を提出したのは三、四日も前のはず。我らにとっての重なりでしかない」

「長人のふるまいは貴人のようであったと言う。羅城門では不服と言ったとか」

「長人がすなわち淡路廃帝であると？」

「内裏に復讐《ふくしゅう》を果たしに参ったのと違うか。内裏の場所を訊ねたとも聞いたぞ」

芙蓉に温史たちは顔を見合わせた。淡路廃帝の頃にはまだ都が奈良にあった。内裏の方角を訊ねても不思議ではない。

「そうであったときは淡路行きが無駄となろう。おらぬ相手を探すことになる」

確かに、と温史も頷いた。

「調べもせぬうちから決め付けはできまい」

是雄は芙蓉を制して、

「俺はどちらも見ておらぬ。関わり云々《うんぬん》を口にするのは早過ぎる。そもそも淡路廃帝の方はまことか嘘かも定まっておらぬのだ」

「式盤を試みてはどうだ？」

芙蓉は食い下がった。

式盤とは方形の台の上に回転する円盤を重ねて運勢を試すもので、その双方に記された八卦《はっけ》や十干《じっかん》、十二支《じゅうにし》、二十八宿《にじゅうはっしゅく》などの複雑な組み合わせを見ることで過去や未来を占うことができる。だがその組み合わせから正確な判断を得るのは至難のことだ。八卦や二十八宿の持つ深遠な意味を理解していなければ誤った解答に繋がる可能性がある。出た結果にも無数の解釈ができる。今の世でこの式盤を用いることができる者は是雄ぐらいしか居ない。

「今夜は無理だ。俺は淡路廃帝のお生まれと崩御の日を正しくは知らぬ。それがなければ式盤の意味が読み取れぬ」

「是雄の運を調べればよかろう。それでだいたいのことが分かる」

「己れの先行きは占わぬ。結果として出たものならともかく、術は術士一人のためにあるものではない」

「知るのが怖いのか？」

「怖いな」

是雄はにやりとした。

「式盤はすべてを示す。知ってしまえばこの先が詰まらなくなろう。式盤を用いるのは国の大事のとき限りと決めている」

「良い運であるなら先が楽しみとなる」

「人それぞれということだ」

是雄は式盤の話を退けた。

「淡路にはどう行く？」

芙蓉は質した。奥州《おうしゅう》育ちなので淡路という島の名しか知らない。

「播磨の明石《あかし》から舟で渡るか、難波《なにわ》から舟にするかどちらかとなる」

「船旅のきついのは？」

「むろん難波の方だ。途中に渦もある。明石からだと目の前に淡路が見えている」

「では明石にしよう。播磨は是雄の故郷であろう？　ついでに見ることもできる」

「飾磨《しかま》は明石の先。寄りはせぬ。役目で参るのだぞ」

是雄は苦笑いした。

「何年もこうして側にいるが、是雄の身内を一人も知らぬ。なぜ訪ねて来ない？」

「術士の道を選んだときに縁を捨てた」

「………」

「どこで果てるか分からぬ身」

「会いたいとも思わぬのか？」

芙蓉は是雄を見詰めた。

「両親《おや》はとっくに死んだが兄は無事に役人の務めを続けておる。それでよかろう」

「是雄はそうでも……向こうが気にしよう」

「支給の大方は播磨の方に」

甲子丸が口を挟んだ。

芙蓉は聞いて押し黙った。

「どうせ使い道などない。それだけのこと」

是雄は甲子丸の無駄口を叱った。

「しかし……」

温史は話を戻して、

「菅原さまは大したお人にござります。讃岐にあっても他国に目をお配りなされるとは。常に内裏を第一とお考えであられるのでしょう。見習わねばなりませぬ」

「そうとも言えるが、余計な迷惑と関白が思うのも無理はない。淡路の国守をないがしろにしているようなもの。紀長谷雄どのの一件と似ている。いかにも師弟と言うべきか」

「そういうお人がおらねば、すべてが関白さまの思い通りの世となります」

「それは確かだ」

笑って是雄も認めた。

7

馬を飛ばして是雄らは未明に播磨を目指した。女ながら芙蓉は乗り慣れている。陸奥の山々を駆けていたせいである。

明石に達したのは昼過ぎだった。

「海が多少荒れている」

是雄は黒ずんでいる海を間近に眺めて、

「今日は明石に泊まり、早朝に舟を出して貰うのがよかろう」

「まだ明るい。渡ってしまうのが楽では？」

芙蓉は張り切っていた。

「島で海が狭まっているゆえに波がきつい。流れに運ばれて暗くなれば厄介だ」

播磨育ちなだけに是雄はよく知っている。

「どうせ今夜は明石と見ていた」

「明日が嵐となったらどうする？」

「ならぬ。雲行きを見るのも俺の仕事だぞ。明日は穏やかな日となろう」

是雄は笑って請け合った。

「この辺りだと旨い鯛《たい》が食えますな」

さきほどから空腹を訴えていた甲子丸は喜んだ。浜にはずらりと魚が干されている。

「馬はどうする？」

芙蓉は質した。

「舟を頼む漁師のところにでも預けて行くしかない。明石には国衙《こくが》もあるが、そこで名乗って馬を任せれば伝わる恐れがある」

「讃岐までか。用心深いことだ」

芙蓉は呆れた。海で隔てられている。

「関白の命令だ。そなたは知らぬだろうが国府や国衙に遣《つか》わされている文章生《もんじょうしょう》の多くは菅原さまの手解《てほど》きを受けた者。淡路のことをいち早く耳にしたのだとて、そういう繋がりからに違いない」

「菅原道真とはそんなに偉い男か？」

「偉いとは言えぬが……関白にとってはやりにくい相手。帝《みかど》に信頼されている。目の上の瘤《こぶ》といったところだな」

「会ったことはあるか？」

「遠くから顔を眺めた程度だ」

「関白に抗《あらが》うとは見所がある」

「偉そうな口利《くちき》きをする」

是雄はくすくすと笑った。

「是雄とは大違いだ。近頃の是雄はすっかり骨を抜かれたようだぞ」

「そうか？」

「以前は関白と刺し違えると言うたくせして……基経の命令に諾々としている」

「なにも理不尽な命令ではあるまい。陰陽寮に仕える身として当たり前のこと。鬼が出たれば封じるのが俺の務めだ。関白に言われなくても出向く」

「そうだろうが……まことか嘘かを調べるぐらいなら温史でもこと足りる。基経にそれを言えぬのがだらしない」

「淡路廃帝と聞かされてはそうもいくまい」

「本当にただ従ったのではないのだな？」

「旅ができて喜んでおらぬのか？」

「それとこれは別だ。詰まらぬ者に成り下がったのではないかと気にしていた」

「今のところ関白も静かにしている。特に抗うこともなかろう」

「内裏は私の敵。その気持ちは変わらぬ」

芙蓉は言い放った。芙蓉の先祖は蝦夷と同様に内裏から常陸《ひたち》の土蜘蛛《つちぐも》と蔑《さげす》まれ、滅ぼされた一族である。故郷を追いやられて陸奥へと仕方なく逃げ延びた者の末裔《まつえい》だ。

「穏やかではありませぬの」

甲子丸は是雄に薄笑いを浮かべた。

「なにがだ？」

「まるで御霊《ごりよう》と一緒ではござりませぬか」

「なるほど。恨みはおなじか」

「手を組むような真似はせんでくれよ」

甲子丸は芙蓉をからかった。

「淡路廃帝とはどういう者だ？」

芙蓉は是雄に目を戻して訊ねた。

「仮にも帝であったお人。者はなかろう」

是雄はたしなめてから続けた。

「藤原仲麻呂《なかまろ》……と申したとて知るまいが、淡路廃帝がご存命の頃は今の関白以上に権勢をふるっていた者だ。仲麻呂は自分の娘……と言っても実の娘ではない、倅《せがれ》に嫁《とつ》いできた女を、倅が死んだ後も屋敷に置いて娘扱いしていたのだ。よほどの美しさであったのだろうな。そして、その女を大炊《おおい》王に嫁がせた。その大炊王が数年の後に淳仁天皇となる。仲麻呂は美貌《びぼう》の女を餌《えさ》にしてお帝の外戚《がいせき》の地位を手に入れたというわけだ」

「藤原というからには基経の先祖か?」

「別家だがもともとは繋がっている」

「汚い血筋だ。胸がむかつく」

「まあ聞け」

是雄は苦笑いして、

「手に入れたという意味では淳仁天皇もおなじこと。本来なら帝位になどつけぬ立場にあったお人。仲麻呂の強引な後押しで孝謙女帝の跡を継ぐことができた」

「前の天皇は女だったのか」

芙蓉は唸った。

「しかも仲麻呂とは従兄妹《いとこ》という繋がり。すっかり信用して仲麻呂の勧める大炊王に譲ったのだろうが、結局、大炊王は仲麻呂の傀儡《かいらい》に過ぎなかった。気付いたときはもう遅い。天皇となったお人には上皇と言えど滅多なことができぬ。そこに道鏡が現われた」

「是雄の先祖である道鏡か？」

「道鏡は希代の術士だった。巧みに上皇に取り入り、信頼を勝ち取った」

「…………」

「無能な淳仁天皇を退けるには仲麻呂ともども葬るしかない。道鏡はさまざまな手を打って仲麻呂を謀反にまで追い詰めた。結果、仲麻呂は首を討たれ、淳仁天皇も同罪と見做され帝位を奪われ淡路に押し込めとなった。上皇はふたたび帝位に戻り称徳《しょうとく》天皇と名乗った」

「流された天皇はどうなった？」

「およそ一年後に配所から逃亡を計ったが、翌日には捕らえられて亡くなられている」

「殺されたのか？」

「それは俺の口からは言えぬ。自害したとも伝えられている」

「殺されたに決まっていよう。逃げたという話も怪しい。そういう名目を付けたのだ」

「百年以上も昔のことだ」

是雄は話を止めて馬を進めた。風も少し強くなりはじめている。

「怨霊となって不思議ではない」

芙蓉は是雄に並んで言い立てた。

「なっても不思議ではないが、なんで今なのかが分からん。それに、淡路廃帝の御魂《みたま》はすでに鎮められているはずだ。万福寺という寺が御陵《ごりよう》の側に建てられている。その寺は称徳天皇の崩御間もなくに建立《こんりゆう》されたもの。時期から見ても御霊鎮めの寺としか思えぬ」

「百年も経《た》てば効き目も薄れる」

「かも知れぬがな」

「道鏡はどうした？」

「天皇の崩御とともに力を失った。下野《しもつけ》に流されて虚《むな》しく果てた。それ以来弓削の一族は道鏡の汚名から逃れられずにいる」

「そういう是雄が淡路の怨霊を退治に出向くとは、因縁というものだな」

「かも知れん」

是雄は繰り返した。

「今に是雄があるを知って怨霊が目覚めたとは考えられぬか？」

「いかにも」

声を発したのは甲子丸だった。

「馬鹿な。道鏡と俺とでは較《くら》べ者になるまい。道鏡は太政大臣となった者。陰陽寮の頭になった程度では妬《ねた》まれもすまい」

是雄は一笑にふした。


是雄たちは浜に近い宿を探して入った。小さな宿ながら賑《にぎ》わっている。

「裏に厩があります。三、四日のことなら預かってくれるそうで」

三人分の枕《まくら》と筵《むしろ》を抱えて甲子丸が部屋に戻った。狭い板間に押し込められている。

「飯は皆と一緒にしてくれと言われました」

「肝腎《かんじん》の舟の手配はどうだ？」

「済ませてござります。早朝に宿の者が案内してくれ申す。馴染《なじ》みの漁師とか」

「それさえ決まればのんびりできる」

是雄は枕と筵を受け取って横になった。

「くたびれたのか。歳だな」

芙蓉は立つと蔀戸《しとみど》から顔を覗かせた。

「詰まらぬ眺めだ。砂浜と海しか見えぬ」

「明石の町に入れば人目がある。舟に乗るならこの宿の方がいい」

甲子丸も胡坐をかいた。

「まだ陽《ひ》は高い。朝までどう過ごす」

「半日馬に乗っていたのだぞ」

是雄は呆れた顔をした。

「宿の客はたいがい淡路に渡る者か？」

「だろうな。街道を行く者なればこんなに早く宿には入るまい。波が荒くなって舟が引き返していると言っておった」

甲子丸が芙蓉に応じた。是雄の目が正しかったことになる。

「いずれも漁師の舟を頼んで参るのか」

「いや、大船《おおぶね》も行き来しておる」

「ではなぜそれにせぬ？」

是雄に芙蓉は振り向いた。

「商い船だ。港には役人が出張っている。男の姿をしたそなたが居れば詰問されよう」

「こっそり渡るというわけか」

芙蓉も得心の顔をした。

「そなたは山賊で海の波の怖さを知るまい。漁師舟で渡るのは穏やかな日でも辛《つら》いもの。泣いて頼まれたとて波を静めることはできぬ。明日は覚悟するがいい」

「見損《みそこ》なうな。揺れなど恐れぬ」

芙蓉は鼻で笑った。

芙蓉に客たちの視線が集中している。男か女か賭《か》けている者も居るらしい。芙蓉は気にせず食事を続けた。小振りだが鯛の焼き物が旨い。都でも滅多に口にできない味だ。

「なにかの縁じゃ。飲《や》らぬか」

瓶子《へいじ》と杯を手にして男らが近付いてきた。三人とも腰に小刀を差している。

「淡路に渡るのであろう。儂らもそうじゃ。三原《みはら》にある国府に戻る旅」

「ありがたいが酒は飲らぬ」

是雄は丁重に断わった。

「男の格好をさせているのは野盗を恐れてのことと見た。よければ同行しても構わぬぞ。淡路で我らを襲う者などおらぬ」

「淡路に参るのでもない。飾磨への途中。明日は土産に大きな鯛を仕入れるつもりでここに宿を取った」

「嘘をつけ。この者が舟を頼んでいるのを見ておる。そなたら……怪しい者だの」

瓶子を乱暴に置いて一人が詰め寄った。客らが怯えた目で是雄らを見ている。

「相当に飲んでいるらしい」

是雄は臆《おく》せずに言った。

「国府の者なれば護国寺の浄教《じょうきょう》の名を承知であろう？」

是雄は護国寺を束ねる僧の名を口にした。護国寺は国分寺に次ぐ格式だ。小役人には効き目がある。

「浄教さまをご存じか？」

呼び捨てにしたことで男たちは身を縮めた。

「舟を頼んだのはこの者一人のため。浄教への届け物があってな」

「これは失礼をいたした。なに……おなじ船に乗るよしみで酒でもと思うたまで」

三人は頭を下げて元の席に戻った。

「厄介になりそうだ」

部屋に帰ると芙蓉は舌打ちした。

「引き下がったものの、不審な目をずっと我らに注いでいた。役人なら上に知らせる」

「知らせたところで我らの正体が分からぬでは問題もなかろう」

「浄教とやらに質せば是雄の名が出ぬとも限らぬ。油断だぞ」

「内裏で昨日調べたばかりの名だ。面識はない。浄教の方も戸惑うであろうな」

「でまかせを言うたのか」

「名は本物だ。でまかせとは言うまい」

「我らまですっかり騙《だま》された」

芙蓉に甲子丸もげらげら笑って、

「正体を明かせばもっと仰天したはず。淡路は下国《げこく》。その守《かみ》と威張ったところで位階は是雄さまの方が遥かに上。口にできぬのが残念じゃった。あの者ら、きっと身震いしたぞ」

「是雄はそんなに偉いのか」

芙蓉は目を丸くした。気にしたことがない。

「下国は確か従六位下であった。是雄さまは従五位下。間にいくつも位がある」

「菅原道真はどうだ？」

「讃岐は上国。位は是雄さまと並んでおる」

「なのに是雄はあの暮らしか」

芙蓉は驚いた。

「あの暮らしとは余計なこと」

是雄は噴き出した。

「そなた、関白に小馬鹿にされておる。上国の守を務められる者にさせる仕事ではない」

本気で芙蓉は憤慨した。

「陰陽師とはそうしたものだ。陰陽寮が設けられているゆえ位階も授けられるが、形ばかりの位《くらい》と心得ておる。お帝《かみ》に食膳を供する典膳《てんぜん》だとて高い位を与えられている。お帝が下賤《げせん》の者に食膳を任せるわけにはいくまい」

「理屈はどうあれ、今夜はこうして筵にくるまって寝なければならぬ」

芙蓉は忌ま忌ましそうに筵を被《かぶ》った。

「道に迷えばお帝でさえ野宿せねばなるまい。屋根があって筵があるだけましと思え」

「男なら女を嬉しがらせてみろ」

あははは と甲子丸は手を打った。


未明に起き出して是雄は案内を待った。

宿の者が顔を見せた。

是雄らは浜に向かった。一人の漁師が浜に舟をつけていた。是雄たちが乗れば一杯となる小さな舟である。波は昨日と違って鏡面のようだが、いかにも頼りない。芙蓉はあからさまに不安な顔をした。

そこに砂を蹴《け》って昨夜の男たちが追ってきた。宿を出るのを見張っていたのだ。

「やはり淡路に渡るのだな」

一人が叫んで腰の刀を抜いた。宿の者は逃げ出した。漁師は唖然《あぜん》としている。だが砂浜に舟を半分乗り上げているので動けない。

「もはや言い逃れはさせぬ。貴様ら何者だ」

残りの二人も刀に手をかけて迫った。

「身分を明かしてやったらどうだ？」

うんざりした様子で芙蓉は是雄に言った。

「こんな者らの相手をしている暇はない」

「ほざくな！」

芙蓉の言い草に男らは吠《ほ》え立てた。

「さて、どうするか」

是雄は迷っていた。淡路の役人と承知しているだけに面倒が予測される。

「痛め付けていいのなら私がやる」

芙蓉は微笑んで刀の柄《つか》に手を添えた。

「まずおとなしくさせるのが先か」

是雄は許した。芙蓉が前に出る。

「うぬは正気か！」

刀を鮮やかに抜いた芙蓉に男らは目を剝《む》いた。芙蓉に恐れは見られない。

「そっちの踏み込みが強ければ怪我も大きいぞ。そこまでの手加減はできぬ」

芙蓉は峰打ちの形に刀を持ち替えた。

「女と思って遠慮はするな。これまでに何人も殺してきた」

男らはぞっと顔を見合わせた。嘘ではないと悟ったのであろう。

「ええい！　たかが女ではないか」

一人が怒鳴った。二人も頷く。

「殺すなよ！　あとの楽しみがなくなる」

おおさ、と叫んで一人が間合いを詰めた。

「それがいつも男の命取りになる」

芙蓉も待ち構えて男の下に潜《もぐ》った。一文字に男の胴体を払う。男はその勢いで飛ばされた。口から泡を噴いて転げ回る。

残りの二人はその場に立ち尽くした。

腰を落としていた芙蓉は素早く体勢を立て直した。二人に目を配る。

「お、臆すな！」

がちゃがちゃと刀を握り返して一人が突進してきた。砂に足を取られて腰が定まっていない。芙蓉は砂を前に蹴散らした。砂は男の目を潰《つぶ》した。男は慌てて目をこする。目の前に芙蓉がいるのも忘れている。芙蓉は首の付け根を狙って軽く刀を振り下ろした。急所の一つである。男は悶絶《もんぜつ》して蹲《うずくま》った。呼吸ができなくなったのだ。びくびくと手足を痙攣《けいれん》させて気絶する。

「その刀はただの飾り物か？」

最後の一人の切っ先はぶるぶると震えている。あまりの腑甲斐無《ふがいな》さに芙蓉は呆れ返った。

「あとの楽しみは私のものとなったな」

芙蓉はわざと刀を峰打ちから元に戻した。

両手でしっかり握って男に迫る。

「わ、悪かった」

男は後退しつつ謝った。

「なにが悪い？　怪しき者らを捕らえるのはそっちの役目。謝る必要はない」

芙蓉は笑って誘った。だが相手は挑発に乗ってこない。逃げる道だけを考えている。

男はばっと反転した。

芙蓉は身軽に追って跳んだ。

男の腰を後ろから蹴り付ける。男は砂に顔から嵌《は》まり込んだ。手放した刀がくるくる舞って遠くに突き刺さる。

「甲子丸、三人を縛り付けろ」

見ていた是雄は命じた。

甲子丸は縄を探した。漁師が察して舟から縄を投げてよこす。

「手首だけを縛ればよい」

是雄は懐ろから矢立てを取り出した。


「あれで心配ないのか？」

芙蓉は砂浜に置き去りにした三人から目を離さずに言った。三人は後ろ手にされた形で砂浜に胡坐をかいてこちらを見ている。舟はどんどん浜から離れた。

「背中に書いた呪文は口封じのもの。と言うより物事を忘れさせる。体の自由さえ奪っていれば、あれが一番楽なやり方だ」

幻を見せることもできるのだが、あんな者らに術を用いるまでもない。

「水で洗って呪文が消えればどうなる？」

「消えたとて忘れたものは思い出せまい」

「男らの首筋に突き刺した針は？」

「見ていたのか」

是雄は苦笑した。こっそりと筆に隠して突き刺したものだ。これまでだれにも気付かれたことはない。

「実を言うと、あの針が物事を忘れさせる。呪文はその成功を願うもの」

「なんで針が忘れさせる？」

「道理は分からぬ。師より学んだこと。針を沈める深さによって加減もできる。一年のことさえすっかり憶《おぼ》えていなくなる」

「あの者らは？」

「たかだか一日に過ぎぬ。だが我らと会ったことは忘れているはずだ」

「なにゆえ酷《ひど》い怪我を負うておるのか首を捻りましょうぞ。まったく大した腕じゃ」

甲子丸は感心していた。

「あんな者らを倒したとて自慢にはならぬ」

芙蓉は船縁《ふなべり》に手を添えながら返した。

そろそろ揺れがはじまっている。淡路の島影はくっきりと見えているが、近付いた気はしない。次第に芙蓉の口は重くなった。

「ほほう、顔が白くなってきた」

甲子丸は面白がった。

「泳げるのじゃろうな」

「おまえも人が悪い」

是雄は甲子丸を睨み付けた。

「揺れなど恐れぬと言うておりました」

「恐れてはおらぬが……気持ちが悪い」

芙蓉に甲子丸は笑った。

「眠らせてやろうか」

是雄は言った。簡単な術だ。

「要らぬ。甲子丸に馬鹿にされたくない」

「その性根があれば乗り切れよう」

是雄が口にした途端に舟は大きく横に運ばれた。芙蓉は悲鳴を上げて是雄にしがみついた。舟から振り落とされそうになる。

「潮の流れがきつくなっただけでさ」

漁師は怯えている芙蓉に笑って説明した。

「怪しいの。わざと抱き付いたのと違うか」

甲子丸はさらにからかった。

「戻りは大船にする。いいな」

芙蓉は是雄に頼み込んだ。

淡路島の北端に位置する岩屋の港を目にして芙蓉は安堵の息を吐いた。とっくに揺れは静まっているものの舟の上にある間は安心ができない。舟は滑るように接近する。

「港はまずい。手前の磯《いそ》につけてくれ」

是雄は漁師に命じた。

「しかし、よく踏ん張りなさったね」

漁師は芙蓉に声をかけた。

「潮が珍しくきつかった。冷や冷やしたぞな」

何度か渦も発生したのである。

「世話になった」

芙蓉は漁師に礼を言った。首から胸元にかけてびっしりと汗が噴き出ている。

「それに較べておめえさんはだらしねえ」

漁師の目はぐったりとしている甲子丸に注がれた。くるくると回る舟に参って途中で吐き散らしたのだ。

「言うてくれるな。ちとはしゃぎ過ぎた」

甲子丸は情けない声で応じた。

「川と海は違う。思い知らされた」

「これでまた芙蓉に馬鹿にされるぞ」

是雄も苦笑するしかなかった。


大地を踏み締めてもまだ体が揺れている。

それでも甲子丸は元気を取り戻した。

漁師は岩屋の港に寄ると言って立ち去った。

「偉いものだ」

甲子丸は舟を見送って、

「この海を今日また渡る気はせぬ」

確かに、と芙蓉も同意した。

「山道を辿《たど》ることになるぞ」

是雄は歩きはじめた。

「淡路廃帝の御陵は島の反対側にある。縦断せねばならぬ。島は結構大きい。都から奈良までと変わらぬ」

「そんなに遠いのですか」

甲子丸は信じられない顔をした。まるまる一日はかかる。山道ならその倍だ。

「食い物と水を調達しなくては」

甲子丸は焦《あせ》った。半日やそこらのことと甘く見ていたのである。

「山に民家があろう。役人の目を避ければ済む。この近くで調達すれば目立つ」

「ないときはどうします？」

「一日食わぬとて死にはせぬ」

「迷えば一日で済みませぬぞ」

「山と申してもさほどのものではない。もしものときは島で一番高い山を目印にすればいい。諭鶴羽山《ゆづるはやま》と言うて、その山頂に修験たちの居る神社がある。御陵はその山の先だ」

それなれば、と甲子丸も了解した。

8

夕刻。まだ是雄らが難儀を重ねて淡路島の横断にかかっていた頃。

温史は屋敷に一人で待つ淡麻呂を気にしながらも陰陽寮に居残って諸国からの報告に目を通していた。頭《かみ》には遠慮して途中で止められていた書類が昼過ぎに温史の前にどっと運ばれてきたのだ。中には野犬が人の顔をした子犬を従えているのを見たとか、笑い声を立ててしまいそうなものも混じっている。こういう報告が一番始末に窮する。居所の定まらぬ野犬では真偽の確かめようがない。と言って虚言と決め付けることもできない。事実であるなら正《まさ》しく大凶事に数えられる。

疲れを覚えて温史は両腕を枕に仰向けとなった。判断に迷うものが多い。凶事の調べ直しを命じられているときだけになおさらだ。見逃せば責めは自分に及ぶ。

たたたた、と慌ただしく庭を駆けて来る足音が聞こえた。陰陽寮に点《とも》されている灯《あか》りを見てのことらしい。温史は吐息した。内裏での駆け足は大事のとき以外禁じられている。

「だれかおらぬか！」

陰陽寮の戸を叩く声が響いた。

暦生のものらしい応対の声がする。

嫌な予感は当たるものである。

今度はどたどたと床を踏み鳴らす音が温史の居る部屋に近付いてきた。

「紀さま！　異変にございます」

温史はがばりと半身を起こした。若い暦生が戸を開けて床に膝をついた。

「紫宸殿《ししんでん》の前庭に怪しき者が出たとか！」

「怪しき者？」

「伝点の者が出会って失神いたしたそうで」

伝点者とは内裏中に時刻を伝えて歩く役目の者である。

「どんな者だ？」

「分かりませぬ。しかし、陰陽寮に助けを」

よし、と立ち上がった温史だったが、膝は小刻みに震えていた。腕に自信はある。が、まだ物の怪と争ったことはない。武者震いなのか怯えか温史自身にも判断がつかない。

「失神した者はどこにおる？」

「紫宸殿の庭にそのままとか」

「居残っている者を集めてついて参れ」

「ははっ」

若い暦生は頬を紅潮させていた。

「近衛府《このえふ》にも人を走らせろ。取り押さえるに人手が要るかも知れん。すべての門衛にも言って門を閉じさせろ」

てきぱきと温史は命じた。そこまでの権限が自分にあるか分からないが、なにか言われたらそのときのことだ。

温史は刀を手にして大きく息を吐いた。

魔物退散の呪文を頭で唱えてみる。

思い掛けぬほどすらすらと出る。

〈俺の出番ぞ〉

温史の心は静まっていた。


前庭には多くが輪を作っていた。

「陰陽寮の者。通されよ」

温史は誇らしげに口にして人垣を割った。

典薬寮《てんやくりよう》に詰める年少の医生《いしよう》が庭に胡坐をかいている男の首筋を丹念に揉《も》んでいる。

下がった血を頭に戻しているのであろう。

「気が付いたか」

温史は屈《かが》んで男と向き合った。

「なにを見掛けた？」

「人の何倍も背丈のある化け物だったとか」

医生が代わりに答えた。男もぼんやりとした顔で頷く。

「襲って来たのか？」

長人と察した温史だが口にせず質した。

「その……松のところに立って紫宸殿をじっと眺めておりました」

男は落ち着かぬ目で返した。

「あの枝で顔が隠れており申した」

皆は目を動かして唸りを発した。本当ならいかにも人の倍もの背丈となる。

「はじめは人と思わず……寄ったればのたりくたりと歩き出してござる」

「足跡がないか見て参れ」

温史は暦生を促した。暦生は張り切って松を目指す。多くが居るので怖がってはいない。

「あります る！」

頷いて温史も松に向かった。

「とても人とは思えませぬ」

暦生は三つ四つを指差した。柔らかな砂地に沓《くつ》の足跡がくっきりとついている。問題はその歩幅だった。五尺（約一・五メートル）以上はありそうだ。

「ここに縄を張って人を近付けるな」

温史は余計なことは言わず命令した。足跡は玉砂利に踏み込んで消えている。

そこに近衛府の兵たちが駆け付けた。

「背の高き化け物にござるな！」

兵らはすでに承知していた。右近衛府の詰め所の前にも現われたと言うのである。灯火を点す者が目の前の小屋の屋根の上にある顔に気付いたらしい。仰天していると顔は右に動いた。やがて小屋から離れて行く背の高い男の全体が見えたというわけだ。

「長人鬼と申す者」

温史は反射的に口にした。鬼と定まったわけではないのだが、鬼でもなければこの内裏の奥深い場所まで入って来られない。その前に門で咎《とが》められるだろう。空から降りて来たとしか思えない。すなわち鬼だ。

「つい先夜も羅城門に出現いたしました。衛士府にその報告が届いているはず。我らも気にして調べに取り掛かっていた矢先のこと」

さすがに陰陽寮、という顔を兵らはした。

「ただ姿を見せるばかりで人を襲ってはおらぬ。案じることもなかろうと思うが、内裏までとなっては見過ごせぬ。内裏の庭をくまなく探して足跡を見付けて貰いたい」

兵らは頷いた。

「もはや内裏から姿を消したと思われる。怪しい気配はどこにも感じられぬ」

温史は墨色が濃くなっていく空を見上げて口にした。

半刻（一時間）を陰陽寮で待ったが、他に異変は伝わって来なかった。温史は緊張を緩めた。残念と安堵の両方がある。

「さきほどの医生が訪ねて参りましたが」

通せ、と温史は促した。

入れ代わりに医生が姿を見せた。医生は十六歳以下の決まりなので淡麻呂と変わらない。

「どうした？」

前に座ったきりの医生に温史は怪訝な顔をした。

「あの……内薬司《ないやくし》にて薬生《やくしょう》をしている知り合いから耳にしたことなのですが……」

医生は膝を進めて低い声で言った。

内薬司とは天皇の医療を受け持つ部署である。目の前の医生の所属する典薬寮は官人の医療が担当だ。

「その……関わりのあることなのか私には判断もできませぬが……」

医生はまだ口にするのを悩んでいた。

「お帝《かみ》の御身《おんみ》に関わることか？」

察して温史は先回りした。医生は頷いて、

「急にお熱を出されたそうにございます」

「長人鬼が現われてからのご異変か？」

「話し振りでは……恐らく」

「こちらにはなにも伝わっておらぬ。ただのご発熱と見ておられるのだろう」

ただごとでないと見れば陰陽寮に必ず知らせがある。

「鬼の一件、内薬司には報告されておらぬ様子でした」

「まだだ。明日に上へ知らせる気だった」

「それでお熱とを繋げておらぬのでは？」

うーむ、と温史は唸った。考えられないことでもないが、と言って発熱を洩れ聞いたとも口にできない。洩らした薬生が処罰される。

「いずれ、心配いたすな。お帝は近頃ご加減が優れぬとも伺っている。ご発熱もその重なりであろう。大事のときは黙っていても陰陽寮にご平癒《へいゆ》の祈願が命じられる」

温史は医生を安心させた。

「知り合いとは、そなたの兄か」

医生は返事に詰まった。

「お帝の御身を案じてのこと。感謝する」

温史に医生は笑みを浮かべた。

〈こういう場合……頭であれば〉

どういう対処をするのだろう、と温史は吐息ばかりを繰り返した。淡麻呂のことも気に懸かる。が、まだ退出はできない。

〈まさか……な〉

とも思う。紫宸殿に出現できるほどの力があるなら寝所にも侵入できる。発熱程度で治まるとは思えない。

〈重なりだ。考え過ぎだぞ〉

温史は無理にそれを追いやった。


「心細うなってきた」

温史は深夜まで寝ずに待っていた淡麻呂と蒸し芋を食いながら、つい口にした。淡麻呂は昼からなにも食べていなかったようで夢中になって芋の皮を剥いている。

「なにも見えぬのか？」

「なにがじゃ」

淡麻呂は口をもぐもぐさせて返した。

「今度の一件だ。芋はどこにも逃げていかん。落ち着かぬやつだ。喉《のど》に詰まらせるぞ」

「温史は是雄と違って未熟者じゃ」

「言われずとも分かっている」

憮然として温史は睨み付けた。

「是雄はおいらにもよく分かるような聞き方をする。おいらには温史の知りたいことがなにかちっとも分からん。だからなにも言えぬ」

「長人鬼のことに決まっていよう」

苛々と温史は続けた。

「あれ以来、一度も長人鬼のことを見てはおらぬのか？」

「背の高い化け物はあれきりじゃが……ばらばらにされた手と足なら見た」

「長人鬼の仕業《しわざ》か！」

「知らぬ」

「知らぬでは、なんにもなるまい」

「だから未熟者と言ったのじゃ。是雄ならそれだけで分かる」

「いつのことだ？」

「今日の昼だ。庭で蛇と遊んでいたら急に腕を噛《か》まれた。そのときに見た」

「腕を噛まれただと」

慌てて温史は淡麻呂の腕を取って袖を捲《まく》った。毒蛇なら大変なことになる。

「心配ない。いつも庭に居るやつだ」

淡麻呂は笑った。確かに腕には小さな傷がついているだけだ。

「白い蛇で、この家の守り神だ。是雄もよく知っている。床下に巣を――」

「そんなことはどうでもいい」

温史は遮《さえぎ》って、

「その手足がどこにあったと？」

「温史が見ていたから、そのうち分かる」

「俺が見ていただと！　なんでそれを早く言わんのだ」

「別に襲われたわけでもない」

「芋を蒸す暇があるなら先にそれを言え」

温史は呆れ返った。

「温史は怖がってもおらなかったぞ」

「そういう問題ではない」

温史は溜め息を吐いた。まったく是雄の言う通りである。淡麻呂の力は認めるが、逆にこちらが混乱に巻き込まれる。

「いつ、どこでかも分からず、長人鬼との関わりも知らぬということか？」

そうだ、と淡麻呂は呑気に頷いた。

「そんな話を聞かされたとて……」

「聞いたのは温史の方じゃ」

「それは……そうだが」

「内裏に松林はあるか？」

「松などいくらも生えている」

「温史の周りで見ている者らは、だれもが立派な服装《なり》をしておった。町中とは違う」

「手足の落ちていた場所のことか？」

うん、と淡麻呂は大きな頭を動かした。

「まったく……たった今は場所など知らぬと言うたくせして」

「知らぬが、見たことなら話せる」

なるほど、と温史は気を鎮めた。こちらが丁寧に質問してやればいいのである。淡麻呂が分かっていないだけのことだ。

「広い場所か、狭いところか？」

「広い。ずっと松の林が続いている」

「何百本もか？」

「もっとだ」

温史にも見当がついてきた。内裏でそれほどの松林となれば中心にある宴《えん》の松原としか考えられない。

「もし本当に内裏の松原なら周りに大きな建物があるはずだ」

あった、と淡麻呂は直ぐに応じた。

「朝か、昼か、夜か」

宴の松原に違いないと確信して温史は訊ねた。夕日が出ていたと淡麻呂は答えた。

「手足は男か女か？　大人か子供か？」

「白くて細い。きっと女だ。歳は分からん」

内裏で女となれば絞られる。夕日とあれば退出時刻を過ぎている。つまり大内裏に住み込んでいる女官ということになろう。

「俺の側に頭《かみ》はおらなんだか？」

「是雄の姿はなかった」

「とすると近々に起きることだな」

温史は一人頷いた。是雄は陰陽寮のだれよりも永く居残って仕事をしている。淡路に出掛けて留守にしているからその場に駆け付けることができないのだ。

「だいぶ要領がようなった」

淡麻呂は手を叩いて喜んだ。

「試したのではないのか？」

温史は淡麻呂を問い詰めた。

「知らぬ。見たまま言うただけじゃ」

「しかし……なんで手足がばらばらに……」

それが分からないでは対処のしようがない。温史は腕を組んで唸った。

9

「そろそろ姿を現わしまする」

修験の身らしからぬ怯えを浮かべながら若者は是雄に言って外の闇に目を動かした。是雄は立ち上がると社《やしろ》の扉を開けて狭い境内《けいだい》を探った。魔物の気配はまだ感じられない。

「諭鶴羽《ゆづるは》山の頂きまでわざわざ上《のぼ》ってくるとは変わった者どもだな」

是雄は苦笑いした。

「しかし、手間も省けた。菅原道真どのが内裏に奏上した淡路の異変とはここに出没する魔物どものことであろう。ここは淡路廃帝の御陵とも近い。もしや淡路廃帝の仕業ではないかと菅原どのが案じられたのだ」

「帝《みかど》の御霊などではないと？」

芙蓉は戻って腰を下ろした是雄に質した。

「社を遠巻きにして見ているだけと言うなら力も知れている。廃帝とされて都を遠ざけられたとは言え、一度は帝の位にまで上られたお人。並外れた運と力を授かっていたはず。それは魂となっても変わらぬ。まこと廃帝の御霊であったなら社など恐れぬ」

「そういうものか」

芙蓉と甲子丸は得心の顔で頷いた。

「それにしても」

是雄は社を守る若者を見やって、

「淡路の諭鶴羽神社と申せば都まで名を轟《とどろ》かせる修験の社。七、八人が常に籠《こも》りおると思うていたに、そなた一人とは情けない」

嘆息した。他の者たちは魔物に恐れをなして山を下りたと言うのである。

「恐れ入りましてござります」

「居残ったそなたは別だ」

「手前とて一人となったのは今日のこと。皆さまが参られなければ暗くなる前に

「……」

若者は正直に告白した。

「安心せい。ご主人さまにかかれば魔物など赤子の手を捻るようなものじゃ」

甲子丸は得意そうに胸を張った。

若者も頷いた。是雄が陰陽寮の頭であることは対面して少し経ってから知らされている。

「なれど……なにもせぬ魔物になぜ五人もの者らが怯えて山を下りた？」

是雄は首を傾げた。

「それは、その……」

若者は言い淀《よど》んだ。

「魔物はすべて女と言ったな」

「はい」

「ひょっとして見知った者らでは？」

是雄が口にすると若者は慌てて平伏した。

「責める気はない。役目が異なる」

是雄は若者を促した。若者は顔を上げて、

「手前は知りませぬが……いずれも三原《みはら》の遊女宿におった者とか」

「そんな女どもを見知っていたとは、底の知れた者どもらしい」

是雄は鼻で笑った。

「兄弟子らは神の罰と受け止めましてござります。名を呼ばれるごとに身を縮め……」

「本当に魔物か？　幻を見せられたのではないのだな」

是雄は眉を顰《ひそ》めた。修験の者たちの知り合いばかりというのが怪しい。

「本物としか……石を投げ付けて見たれば体に当たって弾《はじ》き返されました」

なるほど、と是雄は笑った。幻と見分けるに一番簡単なやり方である。

「その者らが死んだという証《あか》しは？」

芙蓉は身を乗り出した。魔物のふりをしているということも考えられる。

「四人のうち二人は間違いありませぬ。どちらも半月ほど前に死んだとの知らせを。兄弟子たちがいたく嘆いており申した」

若者は迷いのない目で返した。

「いずれ今夜でいたずらも終わる」

芙蓉は余裕の顔をして、

「とんだ無駄足をさせられた。その程度の相手なら温史でも足りたであろう」

是雄に言った。

「とは思うが……魔物は出て見なければ分からぬ。女の方が始末に悪いこともある」

「私への当て付けか？」

芙蓉は是雄を睨み付けた。

「確かに。そなたほどの腕なら魔物より退治に苦労する。呪文とて通じまい」

わははは、と甲子丸は聞いて膝を叩いた。


魔物は俺の領分、と言って是雄は逸る芙蓉を制すると境内に出た。気配を感じ取ったからである。

境内をわずかに照らしていた細い三日月が雲に隠されていた。山の中のことなので真の闇となっている。是雄はぶるっと体を震わせた。尋常でない冷気が是雄を包んでいる。そういう時節とは違うので魔物の仕業と分かる。しかも死人に繋がるものだ。

〈思っていたより……〉

手強《てごわ》い相手かも知れない、と是雄は感じた。これほどの冷気は珍しい。是雄の吐く息が白くなっている。

〈ん？〉

真の闇なのに、なぜ白い息が見えるのか。

是雄は懐ろから細い針を取り出すと、暗闇を探って左手の中指の爪《つめ》の間に軽く突き刺した。痛みを最も感じる部分だ。

是雄の目に明るさが戻った。

三日月の淡い輝きに過ぎないが、真の闇から見れば眩《まぶ》しいほどだ。境内の様子がはっきりと見てとれる。

〈やはり術にかけられていたか〉

是雄は緊張した。社を出た瞬間から術中にあったとしか思えない。

「どうした！」

後ろで芙蓉が叫んでいる。

「是雄！　なんで返事をせぬ」

「どうやら侮れぬ敵のようだ」

是雄は振り向いて応じた。

ずっと呼び続けていたらしい芙蓉の声まで遮られていたとなれば結界《けっかい》に踏み込んでいたと見るのが正しい。敵は気配を殺して社に近付いてから、わざと気配を現わして是雄を結界の中に誘い込んだのである。

　是雄はいったん社に戻った。

「なにが起きた？」

　刀に手をかけて芙蓉が詰め寄った。

「魔物が社に近付けなかったのではない。結界を拵《こしら》えて社の中の者の方を出られなくしていたのだ。結界に誘い込めばなんでも好きにやれる。幻を現実と思わせることもな」

「あの女どもは幻だったので?!」

　若者は絶句した。

「たぶんな」

「ですが……体はちゃんとありました」

「投げた石は結界によって弾き返されたと見ることもできる。相手は兄弟子たちに術を用い、それぞれが一番に恐れる者を出現させたのだ。兄弟子たちにはそれが三原の遊女であったということだろうな。修行の身にとって女ほど恐ろしき敵はない。何年の辛苦も一夜の肉欲で白紙に戻される」

　是雄に頷きつつも芙蓉は嫌な顔をした。

「にしても、だらしない」

是雄は若者に目を注いで、

「この様子では社が結界の中心にある。いつからのことか知らぬが、それにも気付かず籠っていたとは……」

「出入りを妨げられたことなど一度も……水ごりの修行もしております。滝はここからだいぶ離れた場所に」

若者は必死で訴えた。

「悟られぬよう日中は敵も結界を緩めていたのだ。我らがここに来てから結界が張られたとはとても思えぬ」

是雄は断じた。術は結界の大きさによって左右される。広い結界では術の力が弱まるのだ。あの真の闇を思えば結界の大きさも想像がつく。社と境内を囲む程度と見ていい。相手とて社に接近しなければならぬ理屈であろう。それを見逃す自分ではない。そのくらいの修行は積んできている。もともとから作られていたとしか考えられない。

「疑うなら付いて参れ」

是雄は若者を促して境内に出た。芙蓉と甲子丸も飛び出す。

是雄は境内のあちこちを探った。

「これだ」

是雄は屈んで若者に示した。棒で引いたらしい浅い線の輪が境内と社を囲んでいる。草藪《くさやぶ》に大半が隠されているので注意しないと輪とは気付かない。

「普通は輪の中に六芒星《ろくぼうせい》を描き入れるが……」

是雄は芙蓉と甲子丸に説明するように、

「術士の力によってはこれでも間に合う」

「つまり……よほどの力というわけか」

芙蓉は警戒を浮かべた。

「何人もの者に一度も気取《けど》られぬ結界を拵えただけで手強い相手と知れる」

言って是雄は輪の外に出た。抗いは感じられない。結界は今のところ解除されている。

「どこかで様子を見ておるな」

是雄は藪に目を凝らした。

「出方を待とう。夜は長い」

是雄はまた社に引き返した。

「淡路廃帝と思うか？」

芙蓉は是雄に質した。

「御霊は術を用いぬ。だが――」

「だが？」

「場所が淡路のことであれば淡路廃帝が関わっておらぬとも言い切れぬ。術士はしばしば強き霊の力を借りる。自らを霊の依《よ》り代《しろ》となすのだ。術士の力と霊のそれが一つになって魔物と化す。そうであれば厄介な相手」

是雄は吐息して、

「どちらの力も倍加されるが……たいがいは霊に支配されて人の心を失う」

「退治する方法は？」

芙蓉は膝を前に進めた。

「生身の体ゆえ刀は通じる。術士を殺せば霊は退散するしかない」

「では鬼より楽だ」

「その前に術で遠ざけられる。俺だとて防ぐのがやっとかも知れん」

「是雄でもか！」

「中に在るのはただの霊ではない。今度ばかりは俺の心配が当たらねばありがたい」

是雄は本心から口にした。

「どう見る？」

「半々だな」

少し考えて是雄は応じた。

「己れの腕に自信のある術士であるなら滅多に霊の依り代とはならぬもの。霊に支配される怖さを承知している。そう祈るだけだ」

「敵はなにをしておる」

苛々と芙蓉は腰を浮かせた。あれきり外はしんとしている。

「結界をこれほど早く見破られるとは思わなかったのだろう。まずは腹拵えでもして気長に待つしかない」

是雄は甲子丸に握り飯を出すよう促した。

「こんなときに握り飯など食えるか」

芙蓉は呆れた。

「昼からなにも食うてはおるまい」

「腹など減っておらぬ」

「そなたはそうでも我らは辛《つら》い」

甲子丸から握り飯を受け取った是雄は一つを若者に差し出した。

「手前は断食修行をしております」

笑って若者は辞退した。

「いまさら修行でもなかろう。魔物に囲まれているのだ。力をつけるのが先」

是雄は無理に勧めた。若者は困った顔で是雄の持つ握り飯を見詰めた。

「どうした？」

「いや……せっかくの修行が、と」

「魔物に殺されては修行もなにもない」

「それはそうかも知れませぬが」

「要らぬならこうするぞ」

是雄は握り飯を指で潰した。米粒がばらばらと床に零《こぼ》れ散る。芙蓉は啞然となった。

「なんの気だ！　狂うたか」

芙蓉は声を荒らげた。

「狂うたのはこの男の方だ」

是雄は笑いを浮かべて若者を顎で示した。若者の目は是雄の声など聞こえなかったように、じっと床に散った米粒に注がれている。

「なんじゃ？」

芙蓉は米粒と若者を交互に見やった。

「全部を数え終わるまで気が付かん」

是雄は立ち上がると若者を蹴り付けた。

若者は我を取り戻した。目に動転がある。

「なんのことじゃ！」

芙蓉も立って刀に指をかけた。若者の様子がおかしい。

「操られし死人は白い米粒を嫌う。口の中を米粒で一杯にされると動けなくなる。死者の口に米粒を詰めて引導《いんどう》を渡す土地もある。そう思って試してみたのだ」

「すると――」

芙蓉は是雄に目を動かした。

「食わぬと言った。そこで米粒を散らばした。なんでか知らぬが魔物は豆や米粒を見ると数えたくなるらしい」

「こやつが魔物か！」

芙蓉は刀を抜いて若者と対峙《たいじ》した。

「奇妙ではないか。自惚《うぬぼ》れているわけではないが、この俺が気付かぬほどの結界を張れる相手だぞ。この者を社から追いやるなど簡単にできたはず。ひょっとして俺の来るのを承知で待ち構えていたのかも知れぬ」

是雄は言うと素早く九字の印を結んだ。

若者はうろたえた。床を激しく蹴る。

ばりばりっ、と床を破って三人の男が飛び出した。乾いた泥を被って顔が定かではない。甲子丸は腰を抜かしそうになった。

「仲間の者たちだな」

腐った目玉を見て是雄は頷いた。

「殺されて床下に埋められていたのだ」

「説明など要らぬ！」

芙蓉は是雄に叫んで身構えた。

「なんとかしろ！」

「だから今そなたらの結界を拵えている」

印を結んでいた指を解いて是雄は腰の刀を抜くと切っ先で床に大きな輪を描いた。

「二人ともこの輪の中に入れ」

是雄に急《せ》かされて甲子丸は飛び込んだ。敵を威嚇《いかく》しつつ芙蓉も是雄の側に並ぶ。

「見ろ。急に我らの姿を見失い、戸惑っていよう。案ずるな。ただの死者だ」

　確かに四人は怪訝な顔で社の中をうろつき回っている。ときどき輪に踏み込んできそうになるが、弾かれて反転する。

「我らの声とて聞こえぬ」

　是雄は輪の中に胡坐をかいた。

「見えぬのはいいが……ただこうしているだけか？」

　不気味に蠢《うごめ》く者たちを睨みながら芙蓉は質した。これではこちらも動きが取れない。

「死んだ人間は殺せまい。手足が取れても襲って来る。疲れるだけだ。朝まで辛抱すれば黙っていても退散する」

「朝までこの輪の中でなにをする」

　芙蓉は喚いた。大きいと言っても三人がようやく座っていられる輪に過ぎない。

「首を落とせば動きを止められよう」

「この者らに罪はない。何者かに殺《あや》められ道具に用いられているだけのこと。切り刻むのは哀れではないか。朝になって元の死骸に戻ったときは俺が引導を渡してやる」

　是雄はのんびりと口にした。

「しかし――」

「相手は四人だぞ。争って怪我をしても詰まらん。そなたはせっかち過ぎる」

「我らを待ち構えていたと言ったな？」

「我ら、とは断じ切れぬが……結界を張った上にこの者らを操っていたとなると、誘いの罠《わな》としか思えまい」

「我らのはずがない。我らが淡路に参るなど、だれ一人知らぬこと」

「では、この社の噂を聞き付けて探りに参る役人らに対する備えか」

　是雄は腕を組んで首を傾げた。単純に考えるなら芙蓉の言う通りであろう。

「いずれにしろここはご主人さまの申されたように寝て朝を待つのが一番ぞな。刀を納めろ。危なくてかなわん」

　甲子丸は芙蓉の袖を引いて腰を据えた。

「囲まれたまま寝られると思うてか」

　芙蓉は呆れた。

「いかにも寝てはまずい。うっかり結界の外に足でも出せば千切《ちぎ》り取られる」

是雄も甲子丸に念押しした。

「となると我慢較べにござりますか」

やれやれ、と甲子丸は額の汗を拭《ぬぐ》った。

「若い時分にも播磨の寺で夜明かししたことがある。通夜《つや》荒らしの化け物が出ると聞いて勇んで引き受けたものの、とてもかなわぬ相手だった。しかも何匹と居る。仕方なく梁《はり》に上って難を逃れた。術を学ばねばならぬと思ったのはそのとき。魔物を見られる力があったとてなんの意味もない」

是雄は笑って言った。

「通夜荒らしとはどんな化け物だ」

芙蓉も胡坐をかいて訊ねた。

「今思えばさもない餓鬼の類《たぐ》い。それゆえ梁に逃れたばかりで助かったのだろう。餓鬼らの目は供え物にしか向けられておらぬ」

うわっ、と甲子丸が声を上げた。

四人が是雄たちを間近に囲んで、しきりに覗き込んでいる。

「ここと見当がついても入れぬ」

是雄は甲子丸を鎮めた。

「ですが、これではやり切れませぬ」

間近で眺める四人の姿は恐ろしい。青黒く膨《ふく》れ上がった顔には蛆《うじ》も湧《わ》いている。

「だれの仕業か問い詰めることはできぬのか」

芙蓉は是雄に質した。

「無理と思うが……試してみるか」

是雄は腰を上げた。

「そなたらは絶対に出るなよ」

是雄は一気に輪の外に出た。そのまま社から境内へと飛び出す。四人は歓喜の叫びを発して是雄を追った。

「ひふみよいむなやこと、とこやなむいよみふひ、もちろらねしきるゆい、つわぬそをたはくめ、かうおえにさりへて、のますあせえほれけ、い」

四人を前に是雄は呪文を唱えた。印を結んだ腕を高く掲げて三度振り下ろす。是雄はさらに呪文を重ねた。

「ふるべゆらゆら、ゆらゆらとふるべ。ふるべゆらゆら、ゆらゆらとふるべ」

これは死者の魂を呼び戻す呪文であるが、魂を操られている死者にも通じるはずだ。

四人の動きは是雄の呪文が熱を帯びるにつれて固まった。不安が顔に見られる。この様子だと上手くいくかも知れない、と是雄が思った瞬間、一人が若者を背後から襲った。首を捩《ね》じって若者の口の中に拳《こぶし》を差し込む。めりめりという音がして若者の舌が引き抜かれた。是雄はさすがに絶句した。

〈そうか！〉

是雄は直ぐに察した。床を割って現われた三人の口元には血がこびりついている。三人とも舌を切り取られているに違いない。余計なことを言わせないための用心であろう。そして恐らく若者を襲った一人の耳は鼓膜《こまく》まで破られていたのだ。そうすれば呪文も聞こえない。それで術士の命令に従い、若者の舌まで引き抜いたものと思われる。

是雄は素早く回り込むと結界に逃れた。

「周到な敵だ。すべて見透《みすか》されている」

是雄の説明に二人は目を丸くした。

「修羅場を越えた術士であろう」

「…………」

「術士は腕を誇る者。ここまで正体を隠すとなれば、さらに上が居よう」

その発覚を恐れて己れの名が突き止められぬよう工夫したとしか思えない。

「死者の舌まで切り取るとは油断できぬ」

是雄にはじめて冷や汗が噴き出た。

「なにが目的だ？」

芙蓉は詰め寄った。

「こんな山奥の社を襲ってなんの得がある」

「さて……俺も知りたい」

是雄は苦笑した。

10

温史《あつし》は不安を抱えて出仕《しゅつし》していた。

是雄《これお》はまだ淡路《あわじ》から戻らない。それでも三、四日のうちには帰って来るはずである。となれば淡麻呂《あわまろ》の見た怪異もまた四日の間に起きることとなる。不安とはそれだ。分かっていながら防ぐ手立てがないのがもどかしい。

日中はなんとか務めを果たしていられるが、退出時刻を知らせる伝点、[illegible]声が聞こえはじめると落ち着かなくなる。帰ってしまいたいと思うほどだ。

そうか、と温史は思い付いて寝転んでいた上体を持ち上げた。

そうすればいいのである。

淡麻呂はその現場に自分の姿があると言った。それなら帰ればいい。内裏《だいり》に居ない自分が現場には駆け付けられない。反対に言うなら今夜は事件が起きない理屈であろう。

簡単なことだ。

温史は慌てて帰り支度《じたく》に取り掛かった。もう少し片付けておきたい仕事も残されているが、明日踏ん張ればなんとかなる。

「ご面会にござります」

陰陽寮《おんみょうりょう》の雑用を果たす使部《つかいべ》の一人が知らせに来た。温史は嫌な予感に襲われた。

「今日は疲れもあって退出する。だれだ？」

「太政官の紀長谷雄《きのはせお》さま」

「まことか！」

温史は慌てた。こちらから大伯父《おおおじ》を通じて是雄との対面を願っている。なのに是雄が留守にしていることもあって放置していた。気にして長谷雄が訪ねて来たのだろう。

「お通ししろ」

温史は溜《た》め息とともに端座《たんざ》した。

やがて長谷雄が現われた。位《くらい》に差はないものの長谷雄は遥《はる》かに年長である。温史は低頭して上座を勧めた。

「噂《うわさ》は前々から耳にしていた」

長谷雄は親しみの込められた笑顔で、

「紀の一族にとって頼もしき者。いつか挨拶《あいさつ》せねばと思いながら失礼していた」

「それは手前も同様にござります」

恐縮して温史は応じた。

「頭《かみ》の是雄さまとの対面についても聞いている。こちらはいつでも構わぬが……例の調書に関するお問い合わせであろう。頭が留守を幸いにこうしてそなたを訪ねてみた」

「なるほど」

温史は少しほっとした。

「さぞかし頭は憤慨しておられよう。余計な口出しであったと悔やんでおる」

「憤慨などしておりませぬが、苦笑いしておいででした。ただ、なにゆえ長谷雄さまがあのような調べをなさったのか首を傾《かし》げておられます」

「そのことだ」

長谷雄は頷《うなず》いて膝《ひざ》を前に進めた。

「むろん理由《わけ》がある」

は、と温史にもその緊張が移った。

「陰陽寮におるそなたであれば信じて貰《もら》えるかも知れぬが……」

長谷雄はそう言って一息吐《つ》いた。

「いや……とても、まともな話にはあらず」

長谷雄はしきりに首を横に振った。

「怪異にござりますか」

「鬼とはいかなる者じゃ？」

長谷雄は低い声で質《ただ》した。

「一口でとなると……さまざまにござります。姿があって、なきようなもの。死者がそのまま鬼となることもありまする。怪しのものすべてを鬼と見做《みな》すこともできましょう」

曖昧《あいまい》だが、そう答えるしかない。

「一月《ひとつき》前のことだが……遅くに退出の戻り道、怪しい者に呼び止められた」

「…………」

「別に怪しき姿ではない。多少背丈が高いというだけで、官人のようであった」

温史はただ聞き入った。

「その者は手前が双六《すごろく》を好むを承知の上で試合を挑んできた。好きな道。暇なれば喜んで受けて立つが、真夜中近いことゆえ即座に断わった。が、しつこく引き止める」

「双六の勝負にござりますか」

「受けると見て場所も用意してあると言う。もしこちらが勝てば、世にも美しい娘を進呈しようという申し出だ。娘のことはともかく、その相手のあまりの自信に鼻を明かしてやりたくなった。双六なればこれまで滅多に負けたことがない。それでついつい……」

「話に乗ったわけでござるか」

「どこやら知らぬ屋敷に案内された。なるほど酒や食い物を運んで参る娘らはいずれも美女揃《ぞろ》い。大内裏の女官にも引けを取らぬ」

「…………」

「盤の用意のしてある座敷にはさらに美しい女が居並んでいた。おかしいと怪しむべきであったが、盤の見事さにほれぼれとなった。細かな螺鈿《らでん》で飾られている。あれほどの盤はお帝《かみ》とてお持ちではあるまい。座敷には香が焚《た》き込まれ、爽《さわ》やかな風が流れている。ここで一夜を双六に興じるのも風流と感じた」

「さもありましょう」

「挑んできただけあって、なかなかに凄《すさ》まじい手を打ってくる相手だった。こちらの慢心も直《す》ぐに消えて必死となった。相手は、こちらが負けたらなにを差し出すと問うてきた」

「それはまた……」

「そういう約束はしておらぬ。おらぬが、いかにも勝負とはそうしたもの。と言うて美女と引き替えにするほどの宝となれば……迷うていたら……関白太政大臣の首が所望と口にした」

「なんと！」

「関白と娘では釣り合わぬ。冗談と思って笑い捨てたが、相手はこちらをただ睨《にら》み付ける。その上、ただの娘ではないと付け足した」

「ただの娘ではない……」

「美しき女ばかりの体を繫《つな》ぎ合わせて拵《こしら》えた特別の娘であると言う。唐《から》や天竺《てんじく》にもおらぬ、世にも希《まれ》な美貌《びぼう》」

思わず温史は溜め息を吐いた。

「相手は手を叩《たた》いて娘を運び込ませた」

「？」

「まだ息が吹き込まれていないゆえに死骸《しがい》のままじゃ。畳に載せられ運ばれて参った」

「信じられない話にござります」

温史は何度も額《ひたい》の汗を拭《ぬぐ》った。

「間違いなく死骸であった。しかし、その娘のなんと美しいこと……年甲斐《としがい》もなく胸が高鳴った。桜の花のごとき唇に吸い付いてしまいそうな欲も覚えた。正《まさ》しくこの世の者ではない。相手はこちらの欲を見抜いて娘を覆《おお》っていた衣《ころも》を静かに捲《めく》った。糸で縫い合わせた傷跡がいくつも白い肌に見られた。十日経《た》てば綺麗《きれい》に消えると請《う》け合った」

「幻ではありませぬのか？」

「幻などであるものか」

長谷雄ははっきりと言った。

「現にその娘を勝負に勝って貰い受けた」

温史はあんぐりと口を開けた。

「ただし大事な条件がある」

「…………」

「傷跡が消える十日の間は指一本でも娘の体に断じて触れるなと言われた。それを守らねば娘は息を吹き返さぬと言う」

「まさか。考えられませぬ」

「こちらもそう思った」

長谷雄は苦笑いして、

「四、五日はなんとか堪《た》えられたものの、苦行と言うしかない。出仕しても娘の裸身が頭から離れぬ。守りを命じてある郎党《ろうとう》が娘の美しさに迷うて肌に触れればどうなるか……せめて口でも吸えれば欲を薄められる。いや、どうにも見苦しい」

長谷雄は温史に頭を下げた。

「分かり申す」

温史は頷いた。

「地獄であった」

長谷雄は長い息を吐いて、

「あの黒髪に顔を埋《うず》めたい。乳房を思い切り摑《つか》んでやりたい。瞑《つぶ》っている瞼《まぶた》を開いて瞳《ひとみ》を眺めてみたい。側《そば》に居て思うのはあらぬ妄想ばかり。気が狂わんほどであった」

暗闇《くらやみ》の中に輝く娘の白い裸を想像して温史の頭もぼうっとなった。

「この指でなければどうであろう。実際に娘には衣がかけられていたではないか。筆を持ち出して穂先をそっと娘の唇に触れてみた」

長谷雄は筆を操る真似《まね》をした。

「ほんの小さな吐息を娘は洩《も》らした。今思い出すと、こちらの願望がそう思わせただけに過ぎぬのかも知れぬが……肌にも赤みがさした。確かに生き返りつつあると思った」

「…………」

「もはやなにがあったか察しがついているであろう。筆を通じてとは申せ、触れてしまえば歯止めが利《き》かぬ。七日目の夜のことであった。娘の顔に薄紙を置いて、その唇に我が唇を押し付けた。柔らかき唇の感触がこちらに伝わってくる。あと三日でこの娘が我が物となる。心が張り裂けるほどの歓喜に包まれた。この娘が甦《よみがえ》ったときは内裏への出仕も辞めようと思った。静かな山里に引き籠《こ》もり、この娘と二人きりで暮らす気になっていた」

「それほどまでに……」

「その娘を……そういう娘を失った」

長谷雄は苦悶《くもん》の顔をして、

「舌の湿りが薄紙を濡《ぬ》らしていたのじゃ。娘の唇の滑らかさを覚え、慌てて顔を離したときは遅かった。薄紙に穴が開いている。身が強張《こわば》った。紙を破っただけで舌が唇に触れていなければいいと念じたが……娘は急に目を開けた。不思議な顔をして天井を見ている。こちらも祈るしかない。すると……苦痛の声を発して涙を滴《したた》らせた」

温史も身を乗り出した。

「娘の体は見る見る腐りはじめた」

温史は唸《うな》った。

「無数の傷口がふたたび開き、そこから白い膿《うみ》が溢《あふ》れ出た。柔らかな肉が萎《しぼ》んでいく。乳房が溶け出す。目玉が凹《へこ》んでいった。思わず娘の肩を抱いて起こした。揺すぶっただけで娘の細い首が折れた。これではどうしようもない。悔やんだとて終わりだ」

「やがて骨と皮ばかりとなり……その骨と皮も溶けて水となった。寝かせていた畳は娘の水を吸ってどろどろになっている。わずか半刻《はんとき》と経ってはおるまい。七日も堪え忍んだことが無駄となったのだ」

「…………」

「だれかその娘を見た者はおったので？」

「おらぬ。真夜中に屋敷に運び込み、私一人しか部屋には入らなかった。屋敷の者には内裏からの預かり物と言ってあった」

長谷雄は無念そうに首を横に振って、

「それから何日も夜を彷徨《さまよ》い歩いた。またあの男と出会うのを願ってな……今度得たれば必ず十日を我慢してみせる」

温史に言った。温史は気圧《けお》された。

「だが、どうしても巡り合わぬ。道順を頭に描いて屋敷を探したが見付からぬ」

長谷雄は言葉を切った。温史は見詰めた。

「あれは……」

長谷雄は放心の目をしたまま、

「鬼ではなかったのか、と気付いた」

「さようにござりますな」

「迂闊《うかつ》な話ではないか。死骸を繋ぎ合わせて娘を拵えるなど人間にできることではない。あの屋敷とてこの世のものとは思えぬ。ひょっとして私は天上にでも招かれていたのではないか？」

「有り得ることと存じます」

「耳にしていた鬼の姿とは異なるゆえに気付くのが遅かった。そう察したときに思い出したのは鬼の発した言葉」

「………」

「関白太政大臣の首が所望と言いおった」

温史も大きく頷いた。

「鬼の言葉なれば聞き捨てならぬ。早速に言上せねばと思ったものの……いったいだれが信じてくれよう。娘の体も失われている。それに……娘の死骸に惑わされたと知れては内裏に一日とて居られなくなる」

さもあろう。温史には返す言葉もない。

「鬼と出会うたのは果たして私一人であろうか。それで陰陽寮から太政官に上げられた調書に目を通す気になった。そうして、ここ数年に報告された凶事の多さを知った。これを纏《まと》めて関白太政大臣に提出すれば必ず警鐘となろう。己れの恥を口にせずとも同等の結果を得られる。陰陽寮の迷惑になるとも思わずにああいう真似を……頭にはまことに済まぬことをしたと思っている」

深々と長谷雄は頭を下げた。

「大変な目に遭《あ》われましたな」

温史は本心から口にして、

「無事に済んだのはなにより。双六の勝負に負けておられれば命を奪われておりましょう。ご自身で得た幸運にございます」

「そなたは信じてくれるのだな」

長谷雄は温史の目を覗《のぞ》いた。

「つい先頃内裏に出現いたせし長人鬼《ちょうじんき》のことをお聞き及びでは？」

「聞いたが……私の出会った者とは違う」

「鬼はいかようにも姿を変えまする。同一の者と手前は睨みました」

「すると……すでに内裏にまで！」

「鬼の狙《ねら》いがなににあるのか見当もつきませせなんだが、関白さまのお命となると由々《ゆゆ》しき大事。お打ち明けに感謝申し上げます」

「しかし……今のことを広められては」

長谷雄は眉《まゆ》をしかめた。

「ご心配はご無用。我ら陰陽師にとって鬼の理屈などどうでも構わぬこと。退治するのが役目。他言する気はありませぬ」

「ありがたい。同族のよしみでよろしく頼む。今はすっかり目も醒《さ》めた」

長谷雄は笑顔に戻した。

「ですが、なにゆえ関白さまのお命を？」

温史は首を傾げた。

「こう言うては差し障《さわ》りがあろうが……悪い鬼のようには見えなかった。関白太政大臣の方こそ鬼と感じることもある」

長谷雄は本音を洩らした。

太政官に仕えていれば関白と毎日顔を合わせる。知りたくないことも見聞きするのであろう。温史は小さく頷いた。

「申し上げます！」

長谷雄を案内してきた使部が転がるようにして温史の前に現われた。

「宴《えん》の松原にて――」

皆まで聞かず温史は尻《しり》を上げた。

「女官が鬼に殺されたのであろう！」

「ど、どうしてそれを」

使部は仰天《ぎようてん》した。長谷雄も絶句した。

温史は窓から外を眺めた。

夕焼けが内裏の屋根を染めている。

「お話はこれにて。役目にござる」

温史は長谷雄に言った。

「待て。なんで鬼の出現を？」

長谷雄は問い質した。

「手前は陰陽師にございますぞ」

温史は胸を張った。淡麻呂のことを口にしなかったのは温史の見栄《みえ》だった。

「凄まじい力であるな」

長谷雄は驚嘆の目を温史に注いだ。

結局、長谷雄も温史に同行した。

宴の松原には騒ぎを知って多くが集まっている。淡麻呂の見た通り、大半は朝議が長引いて内裏に居残っていた高級官吏であった。

「お通しくだされ」

温史は丁寧に人波を掻《か》き分けて進んだ。

いきなり白い脚と腕が目についた。

無造作に白砂の上に捨てられている。

胴体と首はどこにも見られない。

そのせいか不気味さはあまり感じられなかった。だから皆も平気で見ていられる。

「なにがあった？」

温史はばらばらに散っている手足の側に立つ近衛府《このえふ》の兵らに質した。

「この者は恐らく膳司に仕える采女《うねめ》と思われます。同僚が見えなくなったとの届けが……何人かでこの辺りを散策していたところ、その女一人が見目麗《みめうるわ》しき男に呼び止められたとか。あまりに簡単に女が頷いて男の方に足を向けたので、同僚らはてっきり知り合いと信じて二人きりにしたそうでござります。なれど一向に戻る気配がない。次の仕事の刻限が迫っていたゆえ女たちは気にしつつも戻り申した。それがこのざまで……」

兵は白い腕に目をやった。

「その女たちは？」

「怯《おび》えて出て参りませぬ」

「嘘《うそ》を申しているな」

温史は言い切った。

「見目麗しき男となれば気にするのが当たり前。捨て置いて散策を続けるとは思えぬ。死骸を見ずにそれほど怯えるのも奇妙だ」

いかにも、と兵らは得心した。

「無理にでもここへ案内して参れ。内裏の中のことなれば常と異なる。真実を一刻も早く突き止める必要がある」

ははっ、と応じて二人の兵が走った。

「見事な扱いじゃ」

長谷雄は感心した。

女たちの怯えは本物だった。散っている手足に目を動かすこともできない。

「なにかを見たのであろう」

温史は先回りした。

「なにやら恐ろしい声が……」

一人が覚悟の顔で言った。

「二人は睦《むつ》まじくこの武徳殿《ぶとくでん》の陰に消えました。こっそり近付いたら……獣のような唸りが聞こえて動けなくなったのです」

他の女たちも同意した。

「知り合いのようだったと聞いたが？」

「だって……あの男の笑顔の手招きに萩《はぎ》どのがするすると歩きはじめたのですよ」

それなら知人と思うのも不思議ではない。

「一度とて見たことのないお方でした。それはお美しいお顔立ちで……」

別の女が口にした。皆も頷く。

「足を忍ばせて武徳殿に近付いたときにあの声を……怖々《こわごわ》と覗いたら……ああっ」

女は身震いした。

「空から手足が落ちてきたんです」

他の者が後を続けた。

「空から手足が落ちてきただと！」

温史は繰り返した。

「嘘と違います。皆が確かにこの目で」

「なんでそのときに騒がなかった!」

温史は声高に質した。

「まさかそれが萩どののものとは……この武徳殿の陰に隠れて直ぐのことですもの」

女たちは訴えた。

温史も認めた。普通ならそう思う。

「容易ならざる事態であるな」

長谷雄は青ざめていた。

「唸りと言うのはどんなものであった?」

長谷雄に頷きつつも温史は訊《たず》ねた。

女たちはそれぞれ口真似した。腹の底から振り絞るような低い叫びだった。そんな獣がもちろん内裏に居るわけがない。

「死骸をしっかり確かめて貰いたい」

温史の言葉に女たちは後退した。

見たとて腕と脚では分かるはずもないし、萩という女以外に考えられないと言い張る。

温史は吐息して女たちを下がらせた。

「首と胴体が持ち去られているのは……」

女たちが居なくなると長谷雄は呟《つぶや》いた。

「繋ぎ合わせるためではないのか」

「かも知れませぬ」

温史も頷いて検分にかかった。

血がすっかり流れ出ている。それでなおさら白く見えているのである。

「たった今のこととは思えませぬ」

温史は首を捻《ひね》った。

「鬼のすることだ。血を吸い取ってしまったのではないか？」

長谷雄も屈《かが》んで傷口を調べた。

「なれど、美しき男となると私が出会った鬼とも異なる。どうにも分からぬ」

「そこが鬼のむずかしさ。わざと正体が現われぬようにしておるのでござりましょう」

温史は腰を上げて、

「長人鬼と見て間違いありますまい」

暗い目で断定した。

「関白太政大臣になんと報告する？」

長谷雄は耳元で囁《ささや》いた。

「頭《かみ》のお戻りを待ってからではいかぬでしょうか？」

温史は長谷雄に相談した。

「人死にが出たのだ。そうもいくまい。明朝には必ず内裏中に広まるぞ」

「膳司の女が殺されたからと言うて、関白さまのお命が危《あや》ういとはとても……簡単にご信用くださりますまい。まして手前は若輩」

「こうなっては仕方ない。私も覚悟するしかなかろう。すべてを伝えても構わぬ」

「手前からにござりますか？」

「陰陽寮の奏上でなければ耳を貸すまい。頭の是雄さまのお戻りはいつになる？」

「三、四日のことと」

「その間になにか起きては取り返しがつかぬぞ。若輩と言うてもそなたは陰陽師」

「なれど……命じられることは一緒にござります。鬼を退治せよと言われるばかり」

温史は長谷雄のためを思って言った。聴問が行なわれれば長谷雄はきっと内裏から遠ざけられる身となろう。大事を半月以上も隠し通していたことになる。

「頭はいつ戻られる」

帰るなり温史は淡麻呂に迫った。

「おいらが知るもんか」

淡麻呂は口を尖《とが》らせた。

「いいや、見えるはずだ。おまえが意味を分かっておらぬに過ぎぬ。頭は先行きを知ることに興味がなかったゆえ、おまえにあれこれと聞くことをしなかっただけだ」

「本当に知らぬ」

「そう呑気《のんき》にしていられるのは頭の無事を承知しているからであろう？」

それには淡麻呂も頷いた。

「なんで無事が分かる？」

「皆で髑髏鬼《どくろき》を掘り出しに行く。温史も居るから昔のことではない。これからのことだ」

「髑髏鬼に頼るとはよほどのことだな？」

「ああ。是雄も慌てている」

「なぜ慌てていると分かる?」

「だって……旅姿のままだもの」

「そら見ろ。やはりおまえは知っている」

「すると淡路から戻った夜のことか?」

逆に淡麻呂が質した。

「芙蓉《ふよう》と甲子丸《きねまる》の姿はどうだ。旅姿か?」

うん、と淡麻呂は認めた。

「俺はどうだ?」

「温史はその格好じゃ。そうか、なるほど」

淡麻呂も気付いて笑った。

「なるほどではない。少しは自分の見たことを考えろ。いつ見たことだ?」

「分からん。一月も前のことかな」

淡麻呂は腕を組んだ。大きな頭が左右に揺れる。愛らしい顔だ。

「とにかく無事なお戻りが分かっただけでもありがたい。多少は気が晴れた。偉いぞ」

温史は安堵《あんど》を浮かべて淡麻呂を褒《ほ》めた。

11

「もはや疑いない。敵は都を目指している」

敵の足取りを追って淡路の福良《ふくら》の港から船に乗り紀伊《きい》、和泉《いずみ》、摂津《せっつ》と南海道を辿《たど》った是雄は確信した。都は一日の距離にある。

「しかし正体はまるで摑めぬ。人か鬼か？」

芙蓉に甲子丸も頷いた。

「まぁ、人であろう」

是雄は山道に足を休めた。

「鬼なれば律義に道を辿るまい」

「かも知れぬが、となると踏み込まれた様子の見える淡路廃帝の墓はどうなる？」

是雄と並んで腰を下ろした芙蓉は質した。明らかにそこで祈禱《きとう》の行なわれた痕跡《こんせき》を是雄が見付けたのである。

「よく分からん」

正直に是雄は返した。

「御霊《ごりょう》が取り憑《つ》いたとて生身の体のままと言うたではないか。だから都まで歩くしかないのではないか？」

「それはそうだが……帝《みかど》の位にまであったお人の御霊が取り憑いているにしては、あまりにも下賤《げせん》ないたずらが過ぎる。百姓娘を襲って殺すなど考えられぬこと。第一、娘の死骸に霊気というものを感じられぬ。鬼の仕業であればたいてい残されているものだ」

「墓からも霊気が失《う》せていると言うたぞ」

「だからあのときは迷わず淡路廃帝の御霊が祈禱によって抜け出たものと判断した……が、こうなればもともと魂があそこに封じられていなかったとも考えられる」

「どういう意味だ？」

「御霊となられるのを恐れてお体を焼き、骨を粉々に砕いて海に捨てたとも想像できよう。それほどに恨みを抱いて果てたお人。だが、廃帝はただのお人ではない。御陵《ごりょう》を築かねば世間に示しがつかぬ」

「形だけの墓であったということか」

「あるいはな。それなら霊気がなくて当たり前。そう思いはじめているものの……」

「なんだ？」

「なぜそれが敵に見抜けなかったかということだ。死者を操る腕を見ても相当な術士。魂が封じられているかどうか即座に分かったに違いない。祈禱など無意味」

「では、やはり封じられていたのだろう」

あっさりと芙蓉は断じた。

「三原《みはら》で貝採りの娘を犯し、紀伊では百姓娘。そして摂津でも……帝の御霊が中に在るとは思えぬやり口だ。俺には信じられぬ」

是雄は首を横に振った。

「どうあれ……倒すだけだ。あの修験の者らまで足せばすでに七人が殺されている。そんな者をのさばらせておくわけにはいかぬぞ」

芙蓉は目を吊《つ》り上げた。

「誘いのような気がしてならぬ」

是雄はぼそっと口にした。

「こっちの力を見ておるのではないか」

「是雄と承知の上でか？」

「とすれば馬鹿にされたものだな」

是雄は苦笑いした。

「なぜ誘いと見る？」

「あからさまな殺しとしか思えまい。追手を案じておらぬとも取れるが……面倒はなるべく避けたいと思うのが人の常」

「それゆえ人でないと言うたのだ」

「いかにも」

「いつもの是雄らしくない」

芙蓉は鼻で笑った。

「都に戻ったら、その足で化野《あだしの》へ参る」

是雄は二人に言った。

「髑髏鬼に手助けを頼むつもりか？」

「のんびりとはしておられぬ。どうやら淡麻呂の見た鬼とも違うらしい。俺と温史ばかりでは手が足りなくなった」

「髑髏鬼になにができる？」

「夜の都に目を光らせて貰うだけでもありがたい。特に内裏の周辺をな」

「見張り程度なら髑髏鬼でも間に合うか」

芙蓉も渋々と同意した。

「そう嫌うこともなかろう」

甲子丸は芙蓉を小突いて、

「髑髏鬼の方はぞっこんぞな」

「それが余計な口というものだ」

手を上げた芙蓉に甲子丸は逃れた。


翌日の夜に是雄たちは都に戻った。

旅装を解けば逆に疲れが出る。このまま化野へ、と促すと温史は笑いで応じた。

「どうした?」

「淡麻呂が今夜のことを見ておりました」

「化野に行くことをか」

「一月も前のことらしゅうございます。陰陽寮も形無しと申すもの」

まったくだ、と是雄も微笑《ほほえ》んだ。

「しかし、頭《かみ》が戻られて安堵しました。内裏に二度ほど長人鬼が姿を——」

「歩きながら聞く」

是雄は外出の支度を命じた。

温史の報告に是雄は何度も舌打ちした。温史の方も淡路の話に不安をつのらせた。

「おなじ者でありましょうか？」

「長谷雄どのの話に間違いなければ、その者は一月も前から都に潜んでいることになる。淡路廃帝の御陵が荒らされたのは二十日ばかり前らしい。無縁と見るのが正しそうであるが……仲間ではあるかも知れぬ。ただの偶然とはとても……」

「長谷雄さまはご自身の進退も顧みず関白への奏上を勧めてくださりましたが、手前の判断で人死にの報告一つにとどめてあります」

「関白の方から問い合わせはなかったか」

「今のところはまだ。膳司の女が不審の死を遂げたくらいで、とお考えなのでしょう」

「問うてこぬならそれでいい。内裏を下手に騒がすだけのことになる」

是雄の返答に温史は安堵の顔をした。

「死骸を繋ぎ合わせて別の女を作るなど……本当にやれるものなのか？」

芙蓉は是雄に質した。

「話だけなら聞いている。唐《から》の書物にあるそうな。死骸は歳を取らぬゆえいつまでも若い娘の体のままだ」

「鬼とは……げすな者らだ」

芙蓉は不快を隠さなかった。

「淡路の術士一人でもてこずりそうなのに、そんな鬼までとなると心許無《こころもとな》いな。よほどの力を持った鬼であろう」

「と思われます」

温史も口元を引き締めた。

「その割に詰まらぬ悪さばかりしている。寄り道せずに関白の館《やかた》を襲えばよさそうなもの」

「そうじゃ。その方がすっきりする」

芙蓉も是雄に相槌《あいづち》を打った。

温史は苦笑するしかなかった。


化野の丘に上がる坂道で是雄たちは何人かと擦《す》れ違った。身内の死骸を捨てにきた者らであろう。都が作られて以来、この丘は死骸の捨て場所と定められている。多くは埋めもせず草藪《くさやぶ》に放置するだけなので腐臭が常に漂っている。烏《からす》や野鼠《のねずみ》の巣ともなっている。

芙蓉は足元を平気で横切る野鼠にしばしば悲鳴を発した。

「鼠にはかなわぬようじゃな」

甲子丸はその様子を見て面白がった。

「陸奥《むつ》では野鼠に食われて死ぬ者も居る」

芙蓉は鼠を足で追って言った。

「怖さを知らぬのはそっちの方ぞ」

それに淡麻呂も頷いた。陸奥には飢饉《ききん》が頻発する。野鼠も生きるに必死なのだ。この化野のように食い物が豊かではない。死骸は日に何十となく運ばれてくる。

「相変わらずだな」

是雄は月明りに照らされた原を見渡した。

化野には半月に一度、陰陽寮の検分が義務付けられている。だが頭となってからは滅多に来ていない。一年近くは遠ざかっている。

「変わりようのない場所か」

是雄は見当をつけて奥に踏み込んだ。叢《くさむら》の先に師の滋丘川人《しげおかのかわひと》を葬っている塚がある。

「わわっ」

甲子丸が飛び跳ねた。

うっかり死骸を踏み付けたらしい。

「気の毒に。あばら骨を踏み潰《つぶ》したぞ」

温史が覗いて甲子丸を叱《しか》った。腐って顔の識別もできないが女であろう。長い髪が側に散っている。その胸に甲子丸の踏んだ跡がはっきり見えている。

「気の毒なのはこっちじゃ」

甲子丸は懸命に蛆《うじ》を払い落としていた。

「自分もこうなると思えばいい気はすまい。赤の他人に踏み付けにされる」

温史は女の死骸に合掌して詫《わ》びを入れた。

芙蓉と淡麻呂は遠巻きにしている。

蛆の蠢《うごめ》く死骸はやはり薄気味悪い。


是雄は川人の塚の前に立った。

印《いん》を結んで師への挨拶とする。

「陰陽寮の頭の地位にまで上がられたお人が、なぜこの化野に?」

温史は首を傾げた。ここは民の死骸の捨て場所で官人とは関わりがない。

「陰陽師とはそうしたもの。貰った位階などになんの意味もない。師の望みでここへ塚を建てた。俺もそうするつもりだ」

こともなく返して是雄は甲子丸に塚の手前の土を掘るよう命じた。髑髏鬼を酒の甕《かめ》に封じて埋めてある。

甲子丸は直ぐに掘り当てた。

抱えて軽く振る。一緒に詰めた酒がまだ残っているようで、たぷんという音がした。口を臘《ろう》で密封したせいである。

甲子丸は小刀で臘を剝《は》がした。きつめの蓋《ふた》をこじ開ける。

「髑髏鬼よ、ひさしぶりじゃの」

甲子丸は甕の中に声をかけた。

「成仏《じょうぶつ》したわけではなかろう。返事をせい」

甲子丸は腕を入れて髑髏を取り出した。

「変でござりますな」

なんの反応もない髑髏に甲子丸は首を捻って顔のところまで持ち上げた。

「死んでしまったのか？」

ぽっかりと開いている眼窩《がんか》に顔を近付ける。

がぶっ、と髑髏鬼が甲子丸の鼻に齧《かじ》り付いた。甲子丸は腰を抜かした。

かかかか、と髑髏鬼は笑った。目玉に赤い光が甦っている。

「ばかたれめ。儂《わし》はとっくに死んでおる。死んだ者がいまさら死ぬものか」

髑髏鬼は得意そうに続けた。

「土を掘る音でおまえらじゃと気付いておったわ。ちょいと心配させてみただけじゃ」

「だれがおまえのことなど」

芙蓉は毒づいた。

「ほほう。芙蓉ではないか。すっかり色気づいたの。乳もさらに膨《ふく》らんだ」

髑髏鬼は芙蓉を見上げて舌嘗《したな》めずりした。

「この者が髑髏鬼にござりますか」

温史は啞然《あぜん》としてやり取りを見ていた。

「噂に違《たが》わぬ浮かれ者」

「この生意気な者はなんだ？」

髑髏鬼は是雄に質した。

「俺の配下だ。温史と言う」

「おお、そこに居るのは淡麻呂じゃの」

温史を無視して髑髏鬼は歓声を発した。

「おまえばかりは変わらんの。儂と一緒だ」

髑髏鬼は飛んで淡麻呂の肩に乗った。

淡麻呂はにこにことした。

「さてと、今度はどんな鬼が相手じゃ」

髑髏鬼は是雄と向き合った。

「感心だな。用向きが分かるのか」

「当たり前だ。冷たい者どもじゃ。鬼退治でもなければ儂のことなど忘れておる」

「ますます感心。己《こ》れが嫌われ者であることを知っているようだ」

芙蓉は笑いを堪えた。

「その憎たらしい口利きが心地好《よ》い」

言って髑髏鬼はけらけらと笑った。

「酒浸《さけびた》りでおかしくなったと見える」

芙蓉は呆《あき》れた。

「そりゃそうだ。地の底での侘《わび》しい一人酒。多少は人も悪くなる」

ふわりと髑髏鬼は飛んで芙蓉の前に出た。

「この様子では是雄とまだできておらぬな」

「本当に叩き割るぞ」

芙蓉は刀に手をかけた。

「結構、結構、好きな女に割られるなら本望ぞな。どうせ退屈でかなわん毎日」

挑発するように髑髏鬼は飛び回った。

「だから嫌だと言うたのじゃ。疲れる」

芙蓉は諦《あきら》めて髑髏鬼を捨て置いた。

「温史にござる。お見知りおきを」

温史は前に進むと丁寧に頭を下げた。

「ふむ。最初からそう挨拶すればいいものを」

髑髏鬼は温史の顔を覗いて、

「是雄の配下と言うなら陰陽師か」

「まだ未熟者にありますが」

「腕を見せい。手頃《てごろ》な獲物が近くにおるぞ」

「は？」

「鬼と変わらぬ盗人《ぬすっと》よ。死骸の口の中や手に握らせた銭を狙《ねろ》うてときどき現われる」

言われて温史は耳を澄ませた。確かに人の声が風に乗って聞こえてくる。

「術士は刀で勝負などせぬ」

是雄は髑髏鬼に言った。

「じゃから術で追い払え」

気にせず髑髏鬼は温史を促した。

温史は是雄に目を動かした。困惑の顔だ。

「死骸荒らしとなれば遠慮は要らぬ。やれると思うなら試してみるがいい」

是雄は許した。

は、と頷いた温史は相手を求めて駆けた。

髑髏鬼ものんびり飛んで後を追う。

草薮の中に三、四人が輪になっていた。

温史は飛び込んで絶句した。

男たちは捨てられたばかりの若い女の死骸を裸に剝《む》いて犯していたのである。

「貴様ら！」

温史の頭にかっと血が昇った。

男たちは慌てて身構えた。娘の白い脚を広げて肩に抱え、まらを突き立てていた男ばかりは動けないでいる。術を用いるつもりだった温史の指が刀にかかった。温史は一気に駆け寄ると男の首を刎《は》ねた。人を殺すのはこれがはじめてのことだ。

「な、なにをする！」

男らは不意を衝《つ》かれたのと仲間を殺されたことで動転していた。

「うぬらは鬼にも劣る畜生ぞ！」

温史は自分の腕も忘れて突進した。怒りの方が勝っている。相手は素早く後退して間合いを取った。闇雲《やみくも》に振り回したために温史の刀の切っ先はすでにふらふらしている。

「なんじゃ、こやつ」

男らは温史の腕を見抜いて余裕を取り戻した。温史は肩で息をしている。

「ちょうどいい。その刀なら売れそうだ」

男らは薄笑いを浮かべて包囲にかかった。

「だらしないの」

髑髏鬼は嘆息《たんそく》した。

男らはぎょっとなった。温史の頭上に浮いている髑髏を認めて目を丸くした。

それで温史も平静になった。

刀を土に突き立てて九字《くじ》の印を切り結ぶ。

「なぅまくさらば、たたきゃていびゃく、さらばもっけいびやく、さらばたたらた、せんだまかろしゃだ、ぅんききうんきき、さらばひきなんうん、たらたかんまん、なぅまくさらば、たたきゃていびゃく、さらばもっけいびやく、さらばたたらた、せんだまかろしゃだ、うんききうんきき、さらばひきなんうん、たらたかんまん」

凜《りん》とした温史の声が響き渡る。

男らはたじたじとなった。

空に髑髏が浮いているのだから術の力を信じないわけにはいかない。

ひえっ、と一人が身を竦《すく》めた。

草藪に転がっていた娘が半身を起こしたのである。娘は恨めしそうな目で男らを睨んだ。男らはがたがたと震えた。

温史は左腕を高く持ち上げた。

それに合わせて娘がすうっと立ち上がる。

男らは先を争って逃げ出した。

逃げ足だけは速い。

すとん、と娘は草藪に転がった。

ふたたび死骸に戻っている。

「なんとか果たしたな」

是雄の声に温史は大きな吐息をした。

「死んで間もない娘。それで魂が体に宿っていたのであろう」

「危ないところでした。そういう死骸でなければとても動かすことなど……」

温史は未熟さをあらためて感じていた。

「まぁよかろう。己れの腕も顧みず敵に飛び込むとは気に入った」

髑髏鬼は温史を褒めた。

「私なら一人も逃がさぬ。惜しいことをした」

芙蓉は娘の死骸に衣をかけてやった。

「なに、いずれろくな死に方をせんやつらよ」

髑髏鬼は呑気な声で芙蓉に言った。

「火炙《ひあぶ》りにされて死ぬ」

淡麻呂がぽつりと口にした。

「今の者たちがか？」

ああ、と淡麻呂は温史に応じた。

「先行きを見る力は衰えておらぬようだ」

髑髏鬼は淡麻呂の頭に乗って歯を鳴らした。

「やめろ。くすぐったい」

淡麻呂はくすくすと笑った。

12

「そりゃ是雄の不審ももっともだ」

髑髏鬼は深い手桶《ておけ》にたっぷり注がれた酒の中を浮きつ沈みつしながら言った。旅の帰還と髑髏鬼との再会を祝っての酒宴である。珍しく是雄も杯を手にしていた。酔っては術に差し障りがあるので滅多に口にしない。

「御霊を己れに招くのは大望を遂げるため。いまさら百姓娘など相手にすまい。御霊の力を借りれば帝の女でさえ好きにできる」

「そこに居なければ仕方なかろう」

芙蓉は反論した。

「百姓娘をいたぶる暇があるなら都に急ぐ。一人ならまだしも、三人は余計じゃろう」

髑髏鬼に温史も頷いた。

「未練たらしい。それから出て話をしろ。がぶがぶと音が混じって聞き取りにくい」

芙蓉は苛々《いらいら》として睨み付けた。

「酒が染みると骨が強くなる」

「ならんでもいい」

「やれやれ。これじゃ是雄が躊躇《ちゅうちょ》するのも当たり前。直ぐに口うるさい女房となる」

ぽかっ、と音を立てて手桶から浮くと髑髏鬼は床に移った。

「ひさしぶりに酔うたわ」

髑髏鬼は陽気になっていた。

「今夜だよ」

唐突に淡麻呂が是雄に言った。

「今夜とは……長人鬼のことか？」

「うん。髑髏鬼の言葉で思い出した。酒盛りの夜のことだった」

淡麻呂に皆は顔を見合わせた。

「まだなにも仕掛けておらぬ。なのに長人鬼の方から襲ってくると言うのか？」

「理屈は知らない」

淡麻呂は首を横に振った。

「どうも分からん相手だな」

是雄は腕を組んで首を捻った。

「なんでもよかろう。手間が省《はぶ》ける」

髑髏鬼は呑気に構えていた。

「第一、なんで今夜だ？　旅から戻ったのを承知しているとは思えぬ」

「もしや手前が狙いなのでは？」

気付いて温史は口にした。

「手前のことならあるいは長人鬼にも――」

「知られているということか」

是雄も頷いて、

「それなら考えられる。内裏近くに潜んでおればそなたの居場所も突き止められよう」

不審の目を元に戻した。

「知らずにくるとは間抜けな鬼ぞ」

髑髏鬼は小馬鹿にした。

「この屋敷の中のこととは聞かなかったが」

是雄は淡麻呂に質した。

そうだ、と淡麻呂も眉をしかめて、

「較べられぬ立派な屋敷だ」

怪訝な顔のまま是雄に返した。

「本当に今夜のことか？」

芙蓉は疑った。もはや真夜中である。そんな屋敷に心当たりもない。

「なら違う日のことであろう。酒盛りなど珍しくもない。肩透かしを食らうたな」

髑髏鬼は失望した。

「この屋敷では珍しい。年に二度三度」

芙蓉に髑髏鬼は押し黙った。

「失礼申し上げる」

表の方から声が聞こえた。

皆はまた顔を見合わせた。

「書状を預かって参った。夜更けなれば門前に置いて行きまするぞ」

それきり声がしなくなった。

「見て参れ」

是雄は甲子丸を立たせた。是雄の顔には緊張が見られた。

「いや、俺が行こう」

甲子丸を制して是雄が向かった。

いかに夜更けのこととは言え、門前から座敷まであれほどはっきり声が届くわけがない。それを是雄は案じたのである。

皆もどたどたとついてくる。

閉じた門の内側に書状が落ちていた。

甲子丸は門を開けて通りを見回した。だれの姿もない。長い一本道だ。

「そなたにだ」

是雄は上書きに温史の名を認めて手渡した。

温史は慌てて書状に目を通した。

「長谷雄さまからのものにござりますが……」

温史は是雄に差し出した。

「書状ははじめてのことゆえ──」

「筆跡を知らぬか」

是雄は温史に頷いた。いかにも首を傾げたくなる文面だった。鬼殿へ参れとだけある。鬼殿とは六角堂近くにある廃屋《はいおく》だ。鬼が住んでもおかしくないほど荒れ果てているのでその呼び名がついている。

「さてと……どうする」

是雄は温史に問い掛けながらも、

「長人鬼の罠《わな》と見て間違いなかろう。淡麻呂の言うた屋敷とは別のようだが、行けば面白きことに出会いそうだ」

誘いに乗る決心を固めていた。

「儂と是雄ばかりの方がいいのではないか」

髑髏鬼が言った。

「それでは行ったとて退治ができまい。淡麻呂の言を信じるなら今夜のうちに芙蓉と長人鬼を出会わせてしまわなければ」

「なるほど、そっちの日延べをすれば長人鬼も生き延びる理屈となるか」

髑髏鬼も悟った。

「おまえこそ行ってなんの役に立つ」

芙蓉は髑髏鬼に詰め寄った。

「是雄の難儀を見ているだけであろう」

「この程度はできるわさ」

髑髏鬼は後ろに回って首筋に嚙《か》み付いた。

「食い千切《ちぎ》れば死ぬぞ」

「分かった。分かったから舌を妙に使うのはやめろ。こそばゆい」

芙蓉は後ろ手で髑髏鬼を払った。

是雄は笑いを堪《こら》えた。


鬼殿へ行くには二条大路を真っ直ぐ向かって堀川通りを右に曲がればいい。

是雄たちは無言で歩き続けた。

市中警護の兵と出会わないのは兵らの怠慢であろう。鬼も好きにやれるというものだ。

鬼殿の屋根が見える地点で是雄は立ち止まった。霊気を見定める。特に感じない。

屋根の真上に怪しい雲も湧《わ》いていない。

「鬼が潜んでいるとは思えぬな」

髑髏鬼も空を一回りして戻ると言った。

「塀が崩れて、どこからでも入れる」

「招かれたのだ。門から参ろう」

是雄は門を目指した。

「そなたは庭にでも隠れていてくれ」

「承知。儂がおれば敵も驚くでな」

髑髏鬼は先に飛んで姿を消した。

「なかなか頼もしき者ではないか」

温史は芙蓉を振り向いた。

「口先ばかりで当てにはならぬ」

芙蓉は簡単に退けた。

「なにやら髑髏鬼が羨《うらや》ましい」

温史は思わず口にした。

「腹の中のことを好きに言える」

「髑髏鬼に腹があるか？」

芙蓉は噴《ふ》き出した。

「そういう意味ではないぞ。鈍《にぶ》いやつじゃ」

甲子丸に芙蓉はきょとんとして、察したらしく足速となって温史の前を歩いた。

「髑髏鬼のようになれと言うても、無理だの」

甲子丸は温史の脇腹を小突いた。

「こんなときにくだらぬ戯《ざ》れごとを」

振り返って芙蓉は急《せ》かした。


是雄たちは鬼殿の門前に立った。

門の扉はとっくに朽ちて失《な》くなっている。

「招《よ》んだのは紀温史一人のはずじゃぞ」

真っ暗な屋敷の中から低い声がした。

「そっちとて紀長谷雄どのではあるまい」

是雄は気にせず返した。

「ご貴殿が高名な弓削《ゆげの》是雄どのか？」

「名を承知とはありがたい」

是雄は荒れ果てた門を潜《くぐ》った。屋敷の中から微《かす》かに香の匂《にお》いが漂ってきた。

「温史は大事な配下。偽《にせ》の書状と知っては捨て置くわけにもいかぬ」

「弓削是雄どのとあれば喜んでお招きしよう」

暗闇から男が二人の女を従えて現われた。香の匂いは二人の着物からのものだった。

是雄は男と間近で向き合った。

鬼ではなさそうだが、鬼より妖《あや》しい。

男でも心を迷わせてしまいそうな美貌だ。

「なんのための招きだ？」

「顔繋ぎとでも心得ていただこう。都に住まいを移した挨拶。陰陽寮とは縁が深くなる」

男は皆を屋敷の中に誘った。

「この荒れ屋敷では不足であろうに」

「人が近付かぬで好都合」

男は是雄に笑って奥へ向かった。月明りが遮《さえぎ》られて墨《すみ》を流したような闇となる。是雄たちは男の足音を頼りに廊下を進んだ。いくつかの角を曲がって庭に面した対屋《たいのや》に出る。

「長谷雄どのの名を騙《かた》ったところを見れば、そなたが双六の勝負を挑んだ者だな」

柱が腐ってぐらぐらしている渡殿《わたどの》の中程で是雄は質した。

「わざと負けたのだ。あの者を通じて内裏に道をつけようと思ったが……肝腎《かんじん》の女が死骸に戻ってはどうにもならぬ」

「道がなくても踏み込めよう」

「踏み込んだとて長居はできまい」

「関白の首が所望と聞いている」

「口の軽い者じゃの。これだから人は信用ならぬ。も少し性根のある者と思ったに」

男は薄笑いを浮かべて対屋の戸を押した。

是雄は我が目を疑った。

部屋の中は眩《まばゆ》い光に満たされていた。床から壁、天井に至るまで全部が朱漆《しゅうるし》で塗り固められ、それに何本もの燭台《しょくだい》の明りが照り映えているのである。炎に燃える部屋だった。

芙蓉たちも絶句した。

腐りかけた屋根の外観からは想像ができない華麗さだ。部屋には錦《にしき》の敷物も並べられている。白磁《はくじ》の大壺《おおつぼ》が朱に染められて美しい。

「ここだ。ここのことだ」

淡麻呂が袖《そで》を引いて是雄に耳打ちした。

いかにもここなら是雄の屋敷とは比較にならない。是雄は無言で頷いた。

「淡路ではいろいろあったようだの」

席を勧めて男はにやりとした。

「なんでそれを知っている」

内心の驚愕《きょうがく》を押し隠して是雄は訊《き》いた。

「眷属《けんぞく》より耳にした。鬼は鬼同士と言う」

「やはり仲間であったか」

「関白の首などもう要らぬ。放って置いても先は知れた。己れの罪だと言うておけ」

「祟《たた》りで死ぬと言っておるのか」

是雄は端座して男を見やった。

「このままではな。なにをしたとてもはや遅過ぎる。関白の罪は消えぬぞ」

「それは俺も同感だが」

是雄はからからと笑って、

「そんな脅かしを言うために招いたのではなかろう。俺も死骸を繋いだ娘とやらをこの目で拝んでみたい。希に見る美女だとか」

「あれは長谷雄がしくじった。また作るには刻《とき》が要る。欲しければ後で届けてやろう」

「鬼のくせして存外だらしない」

「死骸が十分に揃うてはおらぬ。繋ぐ体がなければどうにもなるまい」

「ここに控える女たちは生身と見える」

是雄は二人の女に目を動かした。

「さらってきた公卿《くげ》の娘らだ。操っておる」

「なんと！」

温史は片膝《かたひざ》を立てた。

「首はあるはず。膳司の女のな」

温史を制して是雄は言った。

「役に立たぬ首であったわ。夜目《よめ》で見誤った。鼻が低い上に歯並びも気に食わぬ」

「捨ててしまったか」

「いや。いずれ繋いで内裏に返してやろうと企んでいた。その方が面白い」

「だろうな。内裏が大騒ぎとなる」

是雄はにっこりと微笑んだ。

「貴様も本心は関白嫌いか？」

案外な顔をして男は是雄に膝を進めると、

「なれば手を組め。配下となれ」

「そっちの力にもよる」

「…………」

「鬼退治は俺の仕事。と言うても命は惜しい。勝てぬ相手なら従うのが利口と申すもの。関白にも義理はない」

「そういう者であったか」

男は愉快そうに肩を揺すらせた。

「しかし」

是雄は遮って、

「弱き鬼は倒す方が得策。手柄となる」

「俺の正体を見せてやろう」

頷いて男は立った。

「だがここは屋根が低過ぎる。庭で待つ」

男は二人の女を連れて先に出た。

「今のはなんの言《い》い種《ぐさ》だ！」

芙蓉が引き止めて口を尖《とが》らせた。

「駆け引きだ」

「駆け引きなど無用。反吐《へど》がでそうだった」

「狙いが分からぬうちは仕留められぬ」

是雄は芙蓉から温史に目を動かして、

「どう見た？」

小声で質した。

「頭のことまですべて承知とは恐ろしき者」

温史に甲子丸も首を縦に動かした。

「俺もああいう鬼とははじめて遭ったな」

是雄は慎重に庭へ下りた。

「どこだ。どこにおる」

是雄は荒れた庭を見回した。

「ここじゃ。見えぬか」

遥か高みから声が響いた。是雄は身構えつつ振り向いて空を見上げた。

渡殿の屋根より倍も高いところに男の顔があった。目を下に走らせる。浮いているのではない。衣の裾《すそ》から見える沓《くつ》が地面をしっかり踏んでいる。

ふははは、と男は哄笑《こうしょう》した。

長い袖を翻《ひるがえ》して男は片脚を上げた。渡殿の屋根を跨《また》いでこちら側に足をつく。上体を揺らしながら男は軽々と屋根を越した。

まさに長人鬼である。

温史はじりじりと後退した。

芙蓉たちには恐れがある。

「人など俺の目から見れば鼠と変わらぬ」

長人鬼は胸を張った。

「鬼と言えども名はあろう」

是雄は声を張り上げた。

「かつては長髄彦《ながすねひこ》と呼ばれていた」

「長髄彦！」

是雄の眉がぴくりと上がった。

長髄彦は遥か古代に朝廷軍に追われた者である。追われて陸奥へ逃げ延びた。

「人の世話などしても詰まらぬ。陸奥の山奥でのんびりしていたが、やはり都は面白い。血の臭《にお》いにつられて遊びに参った」

「長髄彦が鬼であったとは聞いておらぬ」

「うぬの知らぬことがあるのよ」

長人鬼は是雄を睨んで、

「これでは話にもならぬ」

反転して寝殿の陰に消えた。とても追い付ける歩みではない。

「こっちだ。早う来い」

真っ暗な寝殿から長人鬼の声がした。

陰に消えたと同時のことである。

是雄は寝殿に踏み込んだ。

床が腐って脆《もろ》くなっている。

「これでいくらか話が近《ちこ》うなった」

いきなり長人鬼が姿を見せた。それでもまだ大きい。梁《はり》に手が届いている。是雄の倍はあろう。

「自在に背丈を変えられる」

得意そうに長人鬼は言った。

「その女、若いままで残しておきたくはないか？　なかなかに美しい」

長人鬼の目は芙蓉に注がれていた。

「配下となれば褒美《ほうび》に腐らぬ体としてやってもいいぞ。いつでも好きに楽しめる」

「ふざけるな！」

芙蓉は刀を引き抜いた。

「それは嬉《うれ》しき申し出だな。気が動く」

是雄は笑って頷くと、

「口が過ぎて閉口している。体も俺の好きにはさせてくれぬ」

芙蓉の肩をがっしりと摑んだ。

「なにをする！　血迷うたか」

芙蓉は暴れた。温史も止めに入った。

「死骸の方が扱いやすい！」

是雄は芙蓉を長人鬼の前に突き飛ばした。

「それが本心か！」

芙蓉は怒りの目で是雄を睨んだ。

長人鬼が芙蓉に腕を伸ばす。

「この化け物！」

芙蓉は腕から逃れて刀を一閃《いっせん》させた。長人鬼の腿《もも》の辺りまでしか届かない。

だが手応《てごた》えはあった。

長人鬼は簡単に崩れた。

床を破って床下にまで転げ落ちる。埃《ほこり》がもうもうと立ち上がった。

「芙蓉！　こっちへ来い」

是雄は腕を取って抱きかかえた。

「ええい、放せ！　斬《き》るぞ」

芙蓉は泣いていた。

そこに長人鬼が地面を蹴《け》って出現した。

芙蓉は動転した。

長人鬼は怪我一つ負っていない。

また人間の大きさに戻っている。

「それがうぬの返答じゃな！」

芙蓉をきつく抱いている是雄に気付いて長人鬼は憤怒の形相《ぎょうそう》となった。

「鬼の手下になる俺と思うか」

是雄は余裕の笑顔で返した。

「？」

芙蓉は是雄を見詰めた。

「一度襲われねば始末がつかぬ。こんな者ごときに引けを取るそなたではないと思った」

「ばか！　それなら先に言え」

悔し涙が嬉し泣きに変わった。

「こんな者とはよう申した。覚えていよ」

長人鬼はするすると浮いて屋根近くまで上がった。破れ目から闇に逃れる。

「今夜はこれでいい。酒が残って術が危《あや》うい」

是雄は逸《はや》る温史を制した。

「だが……本気としか見えなかった」

芙蓉が問い詰めた。

「でなければやつも油断せぬ」

是雄は芙蓉の腕を外《はず》して床下を覗いた。

「血の臭いがする。夥《おびただ》しい血だ」

「なのに平気な顔をしておりました」

温史も屈んで舌打ちした。

「口が過ぎると言うたは本心か！」

芙蓉はそちらの方を気にしていた。

「ひょっとしたら殺されていたかも知れぬ」

「なんじゃ、また痴話《ちわ》喧嘩《げんか》か」

屋根の破れ目から髑髏鬼が飛んできた。

「ええ加減にせいよ。逃がしたではないか」

「向こうに争う気配がなかったのだ」

是雄は芙蓉の肩に乗った髑髏鬼に返した。

「そんな馬鹿な話があるか」

「酒臭い息も感じられていたはず。俺なら今夜を外さぬがな」

「あのどでかい鬼では苦労する。塀を跨いで通りに消えた。後をつけようと思ったら屋敷の中で派手な音が……なにがあった？」

「塀を跨いで消えただと？」

温史は目を白黒させた。

「そういうことだ。担《かつ》がれたな」

是雄は声にして笑った。

「長髄彦などとは、よくも思い付く」

「どういうことでござります？」

「術については文句はないが、相手の見定めに関してはまだ修行が足りぬぞ」

是雄は言って引き上げを命じた。

13

翌日の夕刻。

温史は憔悴《しょうすい》した様子で是雄の屋敷に戻った。

「髑髏鬼はまだにござりますか？」

「たかが女一人の調べにどこまで行ったやら」

是雄は温史を労《ねぎら》いながら苦笑した。

「すべて頭《かみ》のご推察通りかと存じます」

「近頃さらわれた娘などおらぬのだな」

は、と温史は応じて、

「恥として秘めておるのやも知れませぬが、噂くらいは広まっていそうなもの。どこからも耳にすることはできませんでした」

「俺と芙蓉は鬼殿の検分に出掛けた」

「なにか異変でも？」

「対屋は崩れ落ちていた。漆を塗った壁や床板も見当たらぬ。ことごとく腐れていた」

ほうっ、と温史は吐息した。

「手際がよい。これを関白に奏上すればさぞかし肝《きも》を潰そう。鬼の仕業《しわざ》としか思えぬ」

「御意《ぎよい》」

温史は身を縮めた。

「気にするな。敵の狙いがそこにあったゆえ昨夜は難を逃れた。まともにやり合《お》うていれば勝敗はどちらに転んだか知れぬ。あの程度の者にあらず。今夜は覚悟せねばなるまいぞ」

是雄は温史の気を引き締めた。

「本当に参りましょうか？」

おずおずと温史は口にした。すべては是雄の睨み通りのようだが半信半疑でもある。

「敵も大方は察していよう。こうなっては口封じしかない。必ず現われる」

是雄に温史は肩を落とした。

「そろそろ発《た》たねば。そなたは髑髏鬼を待ってくれ。あの者は我らの行き場所を知らぬ」

是雄は傍《かたわ》らの芙蓉に言った。

「たった二人で参るのか！」

「ここにきては刀など通じぬ。昨夜までは淡麻呂の言があったゆえそなたを同道させていた。あとは我ら陰陽師に任せろ」

「是雄はどうも信用ならぬ」

「なんでだ」

是雄は噎《む》せ込んだ。

「まだなにか企んでいるのではないのか。なにも教えてくれぬから昨夜はああなった」

「教えようにも確証がなかった。俺が長人鬼と相対したのは昨夜がはじめて。言葉を交わすうち狙いを察したと申したはず」

「だから平気で私を突き出したのか？」

「いや……まぁ、薄々と裏を読んではいたがな。それで昨夜は安心と見て出掛けた」

「それを信用ならぬ態度と言うのだ。聞いていれば我らとて覚悟が異なる」

芙蓉に温史も頷いた。

「悪かった」

是雄は素直に謝った。

「鬼のことは話したとて伝わらぬことが多い。目で見なければだれも信用せぬ。その癖が俺に染み込んでいるらしい」

「分かったならもう言わぬ」

芙蓉は是雄を許した。

「髑髏鬼が戻ってきた」

　そこに淡麻呂が現われて是雄に伝えた。

「どこに居る？」

「昨夜の手桶に飛び込んだ」

　やれやれ、と是雄は笑って、

「約束の時刻に間に合わなくなる。酒浴びなどしている暇はないと申せ」

「百も承知だ」

　さっぱりした声で髑髏鬼が廊下を転がってきた。そうやって酒の雫《しずく》を飛ばしている。

「田舎道を往復したゆえ埃だらけとなった。汚れを落としてきただけじゃ」

「ずいぶん遅かったな」

「播磨《はりま》までじゃぞ。早い方であろう」

「半日で播磨まで出掛けて参ったと！」

　温史は唸った。空を飛べるにしても早い。

「その女、播磨の出であったのか」

　是雄は意外な顔をした。

「山を越せばもっと早かろうが、あいにくと道を知らぬ。街道に沿うて行くしかなかった」

「播磨のどこだ？」

是雄は無駄口を制して訊ねた。播磨ならたいがいの地を知っている。

「飾磨《しかま》の蘆屋《あしや》よ。どうだ」

髑髏鬼は思わせ振りに口にした。

うーむ、と是雄は腕を組んだ。飾磨は是雄の故郷である。

「蘆屋という地にはなにがある？」

深刻な顔の是雄に芙蓉は首を傾げた。

「儂や是雄にはぴんとくる土地だ。これをたまたまのことと見過ごす儂ではない」

「それで……繋がったのか？」

「膳司の采女と申したとて大内裏に仕えるとなればただの家の出ではなかろう。睨みは的中した。蘆屋の大きな屋敷の娘だったぞ。庭に社《やしろ》まで建てている」

「…………」

「こっそり潜《もぐ》り込んであちこち探って見た。顔は知らんが、それらしい娘が匿《かくま》われていた」

「まことか！」

「と見える。病でもなさそうなのに離れで暮らしている。人目を避けておるのだ。歳格好から推して、その娘に違いあるまい」

「よく突き止めてくれた」

是雄は何度も頷いた。髑髏鬼でなければこれほど早く結果を得られない。

「今度はきちんと教えてくれ」

芙蓉は苛立《いらだ》った。

「蘆屋に住まいする者の中には闇の術を操る一族がある。天竺から渡ってきた法道仙《ほうどうせん》人《にん》と申す者からの直伝《じきでん》と師より聞かされたが……いずれ内裏に恨みを抱いている。もともとは唐より移住してきた者たち。かつては秦《はた》の一族とともに朝廷に仕えて神事の手助けをしていたそうな。が、藤原《ふじわら》の者らと手を結んだ秦の一族によって都を追われた」

是雄は淡々と伝えた。間近に暮らしながら蘆屋の一族とは付き合いがない。と言うより付き合いを避けてきたのだ。弓削道鏡《どうきょう》が蘆屋の者の術を恐れ、迫害したのが対立のはじまりとされている。

「では是雄のことも憎んでおるのか」

「俺はなにもしておらぬが……師が俺を陰陽寮に迎えたことを心地好く思ってはいなかったようだ。師も蘆屋の術は危ないと常々口になされていた」

「それを儂も昔に聞いていたのよ」

髑髏鬼が付け足した。

「蘆屋の一族など初耳にござります」

温史に是雄は当然の顔をして、

「官職と位もすべて剝奪《はくだつ》された。道鏡とおなじで内裏で名を口にする者はいなくなった。それが蘆屋の者には無念と感じられていよう」

「しかし、そこの娘を大内裏に采女として用いるとは……内裏も不手際が過ぎるぞ」

「蘆屋に暮らす全部がそうではない。あるいは内裏に推挙した者があるのだろう」

そうか、と髑髏鬼は頷いた。

「いつ娘が生きていると見当をつけた？」

芙蓉は是雄を見やった。そう言って是雄は髑髏鬼に娘の調べを命じたのである。

「温史から聞かされたときだ。空から降った手足に血がないのは奇妙。首も見当たらぬと知って察した。化野に行けば新しい死骸が簡単に手に入る。別人の手足と見るのが当たり前。女らの話では瞬時のことと言う。いかに鬼だとてそこまで素早くはない」

は、と温史は恐縮した。

「それに手招き一つで娘一人が誘われたのも解《げ》せぬ。術を何人かの一人だけに施すのは厄介《やっかい》。娘も仲間であるなら謎はなくなる」

はは、と温史は平蜘蛛《ひらぐも》のようになった。

「温史は最初から鬼の仕業と決め込んでいた。だからなにが起きても奇妙と思わなかったのだ。もっとも……その前に人の何倍もの背丈の鬼の出現を聞いていれば当然であろうな」

「未熟にござりました」

温史は首筋の冷や汗を拭《ぬぐ》った。

「狙いが分からねばいたし方なきこと。俺も淡路では散々に迷わされた」

是雄は腰を上げた。

馬を用いても鞍馬《くらま》の貴船《きぶね》社は遠い。

「行くのは鞍馬か」

髑髏鬼は知って呆れた。

「貴船社は都の神泉苑《しんせんえん》と並ぶ鎮めの地。山奥ゆえなにをしても闇に葬れる。敵もそう考えて誘いに乗ろう」

「かも知れぬが、敵の数は何人じゃ？」

「行ってみなければ分からぬ」

「あっさりと言うでない。正体が知れたからには兵を頼むがよかろう」

「関白が喜ぶだけの結果となる」

「なんのことじゃ？」

「できれば俺一人で済ませたい。それで死んだとて悔いはない」

「やはり隠していたな！」

芙蓉は立ち上がった。

「それで私に居残りを命じたか！」

「蘆屋の一族と聞けばなおさらだ」

「私も参る。何を言うても無駄じゃ」

その芙蓉の額に是雄はつうっと二本の指を押し付けた。気合いを込めて突く。

すとん、と芙蓉は床に尻をついた。

気を失っている。

「芙蓉を縛って屋敷から一歩も出すな」

是雄は甲子丸を呼び付けて命じた。

「手前はお供いたします。困ります」

甲子丸は慌てて首を横に振った。

「そなたでは邪魔になるだけ」

是雄は険しい目をして拒んだ。

「行くのは是雄たちだけだ」

淡麻呂が甲子丸に言った。

「見たのか？」

甲子丸は淡麻呂に目を動かした。淡麻呂がそう言うなら従うしかない。

「儂は参るぞ。儂は死なぬ身。文句はあるまい。まさかのときは二人の死骸の捨て場所まで見届けて芙蓉に教えねばならん」

「どうもそちらを望んでいる口振りだな」

是雄は笑顔で髑髏鬼を掌《てのひら》に載せた。

「おまえらを偲《しの》んで芙蓉と泣き暮らすのさ。芙蓉も本心では儂を好いておる」

「長生きするぞ。呆れた者だ」

是雄は髑髏鬼を懐ろに押し込んで温史を促した。甲子丸は呆然《ぼうぜん》として見送った。

14

一の鳥居で馬を下りた是雄たちは貴船川沿いに細い道を辿って奥宮を目指した。貴船社は狭い谷の中に建てられている。奥宮に奉られている神はクラオカミの神。龍神《りゅうじん》である。境内《けいだい》にはその龍が天から下るときに用いたとされる巨大な船形石も残されている。神泉苑と並ぶ鎮めの地と言われるが、本来はこちらの方が格上だ。遠隔の地ゆえ神泉苑が内裏近くに設けられたと言ってもいい。陰陽寮もこの社でしばしば祈禱を試みる。

「お誘いしながら遅くなり申した」

是雄は船形石の前に佇《たたず》んでいる人影を認めて石段から声をかけた。

「弓削さまにござりますな」

人影も是雄たちを確かめた。

「妙な場所での対面となりましたな」

是雄は頭を下げた。

相手は紀長谷雄である。

「鬼を封じる祈禱とあれば付き合わぬわけには参りませぬ。手前にも深い関わりが……」

「そのようにござりますの。鬼に見込まれるとはとんだ災難。なれどご安心召され。この温史の調べによって、案外とさもなき鬼と判明いたした。今夜の祈禱で退散するはず」

「それは目出度い。来た甲斐《かい》がありまする」

「だれもが誑《たぶら》かされていたのでござる」

はて、と長谷雄は小首を傾げた。

「長人鬼など他愛もないからくり。芸に長《た》けた傀儡《くぐつ》であるなら屋根より長い竿《さお》を足に縛り付けて歩くことができ申す。その竿の尻に沓を取り付け、竿を袴《はかま》で隠せば巨大な人と見紛《みまが》う。長人鬼が夜ばかりを選んで出現せしは不自然な動きを悟られぬためにござろう」

おお、と長谷雄は驚嘆した。

「人の倍の長人鬼もこの目で見てござるが、あれは衣の中に隠れていた者が肩に担いでいたに相違なし。切り付けたところ、夥しい血が噴《ふ》き出たに拘《かか》わらず相手は平然としており申した。いかに鬼とて奇妙。傷を受けたのは下で担いでいた者でござろうな」

「そんなことがありましたか」

長谷雄は額の汗を拭った。

「変幻自在を示すつもりが仇《あだ》となった。他の仲間がそのときに屋敷を逃れる長人鬼の姿を見てござる。二匹も鬼がいるわけはなし。これで騙りと知れたも同然」

「なれど、手前が貰い受けた娘の死骸は……確かに息を吹き返しつつあった」

「それが一番の謎」

是雄はにこりとして、

「真実なら神や仏とも並ぶ力。よほどの鬼と見るしかないが……あいにくとご貴殿ばかりの話。簡単に信ずることはでき申さぬ」

「嘘と申されるか！」

長谷雄は声を荒立てた。

「なんのためにさような嘘をつかねばならぬ。下手をすれば進退にも関わること。恥を忍んで打ち明けたのではないか」

「確かに。まともに考えればご貴殿になに一つ得がない。それで温史も騙《だま》された」

「無礼にござろう！　手前が嘘をつく者かどうか、だれにでも聞きなされ」

「ご貴殿ほどの学識があるなら死骸を繋ぎ合わせて蘇生《そせい》さす鬼の話も承知と思える。唐にはそのような鬼が居るとか」

「知らぬ！　なんのことを言うておる」

「凶事の判断となすために内裏から多くの書物を借り出したそうな。温史がその書物の名を控えて参った。まだ調べてはおらぬが、もしその中に似た話があればいかがする？」

長谷雄は詰まった。

「そもそもこたびのことはご貴殿の凶事の調べよりはじまっている。鬼と出会えばいかにも凶事が気になろうが……一月も前から都に鬼が潜んでいたにしては静かであった。長人鬼の出現はつい最近のこと。ご貴殿の調べが済んでからとは都合が良過ぎる」

「都を出て淡路に出掛けていたのであろう」

「鬼が淡路廃帝の御陵を狙ってか？」

「そう考えれば不審もない」

「淡路のことをだれから耳にいたした」

ぎろりと是雄は睨《ね》めつけた。

「道真《みちざね》さまよりの書状じゃ」

「鬼のことをなにも知らぬらしい」

是雄は鼻で笑った。

長谷雄は不安を浮かべた。

「鬼は祈禱などせぬ。鬼の仕業と見せ掛けるつもりであったなら余計な苦労をしたもの」

あ、と長谷雄は後退した。

「本当に菅原《すがわら》さまからの書状で知ったかどうか、調べれば直ぐに分かる。師を嘘に巻き込むほど愚かではなかろう。つまりは菅原さまもこれに荷担しておるということだ」

長谷雄はたじたじとなった。

「俺を名指しで淡路の異変を探れと言うてきたのは菅原さま。あとは罠を仕掛けて待てばいい。密命の旅なれば諭鶴羽《ゆづるは》山の社に立ち寄って様子を探ると見当もつこう。そなたらの狙いは俺に淡路廃帝の御霊《ごりよう》の存在を信じさせること。修験の者らを操り、御陵に祈禱の痕跡《こんせき》を残せば俺が得心すると見たようだが、蘆屋とは詰まらぬ者を雇ったな」

長谷雄はぎょっとした。

「百姓娘を殺しては首を捻りたくもなる。俺に足取りを示す策にしても品がない」

くそっ、という声がして船形石の背後の斜面から五人が駆け下りてきた。

「やっと姿を現わしたか」

是雄は昨夜の男と対峙《たいじ》した。

「はじめから見破っていたのか」

男は余裕で是雄に質した。

「よりによって陰陽師のほとんどが都を留守にしておるときにこの重なり。偶然と見るより、仕組まれたと考えるのが自然であろう。陰陽師が多く内裏にあればからくりを見抜かれる恐れがある。留守にする切っ掛けとなったのは長谷雄どのの纏め(し)調書。そこに今度は長谷雄どのがにわかには信じられぬ鬼の話を持ち込んだ。宴の松原の出来事も怪しい。あれも嘘なら、派手なように見えていて、少なくとも都では一人も殺されておらぬこととなる。理由《わけ》は知らぬが、危険な相手ではないと睨んだ。だから昨夜は誘いに乗った」

「貴様が来るとは思わなかったぞ」

「だろうな。温史に怪異を見せ付けて関白に奏上させる腹だったのだろう」

「なにもかも見通しか」

男は諦めたように哄笑した。

「そなたは消えた采女の身内であろう」

「！」

「蘆屋の屋敷に潜んでいるのを確かめた」

「馬鹿な。その手には乗らぬ」

「そなたと違って俺は本物の鬼と仲が良い」

是雄は手を上げた。

奥宮の屋根にあった髑髏鬼が笑いを発しつつゆっくりと飛んできた。

長谷雄は体を固めた。

「裏手に牛車《ぎっしゃ》が停められておるぞ。人も居る」

髑髏鬼は是雄に教えた。

「牛車となれば菅原さまだな」

長谷雄は無言だった。それが答になる。

「最後に聞いておく」

是雄は長谷雄に向きを変えて、

「百姓娘を殺してもいいと命じたのか」

長谷雄は慌てて否定した。

「と見ていた。それなら都でも好きに女子供を殺させる」

是雄はほっと息を吐いた。

「菅原さまに申し上げる！」

是雄は声を張り上げた。

「まだ引き返せますするぞ。今は都に見世物に等しき鬼を出現させたばかり。手を引くとお約束くだされば手前が鎮めて見せまする」

「貴様！　ふざけたことを」

男は喚《わめ》き散らした。

四人の配下が是雄らを取り囲む。

長谷雄はおろおろとしていた。

「まだ名を聞いておらぬの」

是雄は男と睨み合った。

「蘆屋道隆《どうりゅう》」

「淡路で死骸に術を仕掛けたのもおまえか」

「殺せと言われれば淡路で待っていたものを」

悔しそうに道隆は唾《つば》を吐き捨てた。

「修験の者らも術士のはしくれ。勝負と見ればそなたの罪とも言えぬ。望むなら陰陽寮に招いても構わぬ。惜しい腕だ」

「頭！」

さすがに温史が声を上げた。

「蘆屋の者らの恨みも分かる。俺とて朝廷から除《の》けられた弓削の者」

「その手には乗らぬと言うたはず。食わせ者であるのは昨夜で承知」

道隆は嘲笑《あざわら》った。

「では勝負するしかない」

「待て」

暗がりから声がかかった。是雄は結びかけていた印を解いて目を動かした。

「菅原さまにござりまするな」

是雄は認めて頭を下げた。

「勝負の前に出て参った」

道真は迷いのない声で続けた。

「この期《ご》に及んで勝った側につくのは見苦しい。儂の気持ちを言うておく」

是雄と道隆は思わず目を合わせた。

「露見した上は潔く手を引こう。弓削是雄どのに従う」

「なんじゃと!」

道隆はあんぐりと口を開けた。

「そなたが勝てば儂と長谷雄の首を刎ねるがいい。その覚悟はできておる」

道真は道隆に言った。

「それで済むと思うてか! 銭で受けた仕事ではない。蘆屋を馬鹿にするな」

道隆は激怒した。

「我らとて権勢が欲しくて行なったことではない。このまま関白の好きにさせては国が滅びると案じての策。そなたこそ儂や長谷雄を見損なうな。狙い通りに陰陽寮が淡路廃帝の御霊の仕業と関白に奏上した暁は二人とも内裏に辞意を願う気でいた」

「辞意を?」

訊ねたのは是雄だった。

「長谷雄の名は地に貶《おとし》められよう。門下の恥は師である儂の恥も同然。揃って内裏を去れば関白とて我らの仕業とは見なくなる。鬼と信じて御霊会《ごりょうえ》を行なう。それでも都に怪異が続けば次は関白の進退が問われる。我らの役目はそれで終わりだ。新しき世となろう。関白に代わって民を導く者が正しければ、だれであっても構わぬ」

「そこまでお考えあってのことにござるか」

是雄は道真と長谷雄を眺めた。

「温史、済まぬことをした」

長谷雄は深々と頭を下げた。

「利用するつもりではなかった。そなたもてっきり都を留守にするものと……だが、日延べする余裕もなかった」

「国のためとあれば手前も喜んで」

温史も今は顔を輝かせていた。是雄から長谷雄の企みと聞かされて沈んでいたのである。

「だれもが内心では関白さまのことを――」

「それ以上は言うな」

是雄は温史を遮った。

「陰陽師は政《まつりごと》と無縁。そうであってこそ無心で鬼と向き合える」

「それを見極めたゆえ儂もこうして出て来た」

道真が重ねた。

「からくりを見破った以上、兵を率いて参るのが当たり前。待ち伏せあるのも知っていた様子。なのにたった二人で来たのは関白に従っておらぬということであろう。大きな手柄となるはず。欲があれば断じて見逃さぬ。その弓削どのが儂に引けと申している。天の声と儂は聞いた。天が引けと命じておる」

是雄もゆっくりと頷いた。

「なにが天の声だ！」

道隆が割って入った。

「儂が引けばどうにもなるまい」

道真は道隆を一喝《いっかつ》した。

「弓削どのを倒したとてなんの益にもならぬ。それがまだ分からぬのか」

「確かにその通りだが、腹の虫が治まらぬ。うぬも関白と一緒だ。己れの好きに人を操る。覚悟とやらを見せて貰おう。弓削是雄が死んでもまだ潔くしていられるかどうかをな」

道隆は気合いを発して九字を切った。見事な手捌《てさば》きだった。是雄は立ち遅れた。

道隆の姿が掻き消えた。

すでに術にかけられて道隆の動きを見定めることができなかったのだ。

是雄は動転した。

鮮やかな手並みと言うしかない。

「なにをしておる！　屋根の上じゃぞ」

髑髏鬼が叫んだ。髑髏鬼一人は空に浮いていたため術から逃れられたのだろう。

道隆は腕を振り下ろした。

道隆の足元から炎が上がった。

奥宮の屋根全体に火が広がる。

術か真実か是雄にも見分けがつかない。煙の臭いが鼻を衝く。髑髏鬼も火から逃れた。

是雄は印を結んで雨を招んだ。

龍神の住まいする奥宮であれば水気《すいき》が常に真上にあるはずだ。たちまち黒雲が奥宮を包み込んだ。激しい雷が黒雲の中に在《あ》る。滝のような雨が奥宮ばかりに降り注いだ。

雨に足を滑らせて道隆が転げ落ちた。

「くそっ」

道隆は直ぐに体勢を立て直した。

奥宮の屋根は無事だった。

術によるまやかしの炎だったのだ。道隆の傍らには細い松明《たいまつ》が落ちている。

「幻を見せるのが得意らしいな」

是雄は息を静めて口にした。暗闇の中の火は人の心を奪う。雨で松明を消し止めていなければさらに術中に陥っていただろう。

道隆の配下らが刀を手にして迫った。

「あの水音が聞こえぬか」

是雄は配下らに言った。

「今の雨が勢いを増して襲ってきている」

なに、と配下らは慌てた。奥宮の脇を流れる貴船川の水かさが増して境内にまで注ぎ込んでいる。水はたちまち膝から腰へと達した。流されそうな勢いだ。一人が濁流に飲み込まれて悲鳴を発した。道真と長谷雄は太い杉にしがみついている。

平気で立っているのは是雄に道隆、そして温史の三人だけだった。

「小者《こもの》らに勝負の邪魔をされたくない」

「貴様こそなかなかの幻を見せる」

道隆は笑って身構えた。

是雄は思案した。術とは人や鬼への防御に用いるもので術士同士の争いには向いていない。どちらも術と心得ているからだ。腕に歴然と差があれば別だが、相手が道隆となると決着には時間が取られよう。互いの術の破り合いを繰り返す結果となる。道隆は腕を頼りとして必死に向かって来よう。

〈さてと……〉

危険を覚悟で踏み込むしかない。

腕は互角と見ていい。

「温史、下がっておれ。俺一人でやる」

是雄はわざと声をかけて隙《すき》を作った。

道隆は逃さず鈴を投じた。

是雄の目が自然に鈴を追う。

鈴はくるりと方向を変えて戻った。

心地好い滑落感が是雄を襲った。術にかかる瞬間を自覚できたのははじめてのことだ。

鈴は是雄の周りを自在に飛び回る。

糸で操っているのだろうが是雄には見えない。闇が次第に深まって行く。

鈴に目が奪われているせいだ。

不意に温史が目の前に現われて、急速に遠ざかった。その目線の先に道隆が居る。暗闇なのに道隆だけは白く輝いている。道隆は針のように先の尖った岩の上に立っていた。

「倒すには池を渡らねばならぬぞ」

声とともに光が戻った。

道隆は円い池の中心に在った。

是雄は巨大な池を眺めた。

龍が何匹も泳いで銀鱗《ぎんりん》を光らせている。ときどき顔を覗かせて是雄を威嚇《いかく》する。

「龍は蘆屋の守り神だ。龍神の社に俺を誘い込むとは抜かったな」

道隆は池に踏み込んだ。龍が下に待ち受けている。龍は道隆を頭に載せて上体を水面から出した。道隆は勝ち誇った笑いをした。どんどん高みに上《のぼ》って行く。

道隆を載せたまま龍が襲った。鋭い牙《きば》が是雄に迫る。生臭《けど》い息が風となって是雄を圧した。術中に在ると知っているから耐えられる。それを気取られぬよう是雄は抗《あらが》った。

「弓削是雄ともあろう者がだらしない。だが、楽に死なせはせぬ」

いつの間にか道隆は芙蓉を小脇に抱えていた。芙蓉は全裸だった。

「ほほう。やはりおまえの望みはこの女と寝ることであったのか。おまえの心がこの女を形となした。この好色男め」

嘘である。是雄は今道隆を倒すことしか考えていない。道隆が芙蓉の幻を見せて是雄の心を揺らしているのだ。こちらの動転はさらに道隆の術を強める結果となる。術を知り尽くしていると言うしかない。

「そんなに欲しいならくれてやる」

道隆は芙蓉を軽々と投じた。

「蛆の湧いた腐った体でもよければな」

どさっと芙蓉が是雄の前に落ちた。

是雄は幻と知りつつ屈んで抱き起こした。

「蛆の詰まった乳房《ちち》を揉《も》むがいい」

道隆は腹を抱えた。

が――

是雄の目には変わらぬ芙蓉が見えていた。静かに目を瞑《つむ》って寝ている。

是雄は道隆を見上げた。

「さすがに蛆女は抱けぬと見えるな」

道隆はなんの不審も見せずに笑った。

是雄の目には蛆の湧いた芙蓉が見えていると信じ込んでいるのだ。

術に綻《ほころ》びが生じはじめている。

道隆の導きが是雄に通じなくなっている。

是雄にわずかでも芙蓉への淫《みだ》らな欲があったとしたら術が続いていたかも知れない。道隆の読み違いが傷を広げたと言える。

是雄は目を伏せて様子を窺《うかが》った。

道隆の本体がどこにあるか探すのが大事だ。

気付いて是雄はぎょっとした。

自分の直ぐ後ろに道隆の足が見えた。

道隆の手も自分の肩に置かれていた。

確かにこの近さなら術に支配される。

さらに——

是雄の体は鈴を結んだ糸によって巻かれていた。尋常な腕ではない。まともに術で争っていれば敗《やぶ》れていただろう。

是雄の背中に寒気が広がった。

「地獄をもっと見せるぞ。貴様の腹の中にも蛆が溜まっている」

道隆は是雄の耳に顔を近付けて囁いた。

「な、な……」

是雄は悶《もだ》えるふりをして腰の小刀に手をかけた。引き抜いて道隆の腹に突き刺す。

道隆は目を剝いて是雄を凝視した。膝ががたがたと震えている。信じられない顔だ。

「なんでじゃ！」

道隆は絶叫した。是雄の襟首《えりくび》を摑む。

「おまえが慢心して近付くのを待ったのだ」

是雄は小刀を引き抜いた。

「術にかかって……いたぞ」

「龍は確かに見せて貰った」

「なのに……抜け出た……のか」

道隆はその場に崩れ落ちた。

「是雄！　心配ないか」

芙蓉の声がした。

空耳ではない。

是雄は振り向いた。石段を駆け上がって来る芙蓉の姿が目についた。

芙蓉は逃げ出す道隆の配下らに腕を広げた。女と侮って配下らが切りかかる。芙蓉は跳ぶと配下らの後ろに立った。躊躇なく二人の首を刎ねる。首はごろごろと転がって温史の足を打った。立ち尽くしていた温史はその衝撃で我を取り戻した。温史も知らぬうちに道隆の術に嵌《は》められていたのである。

「芙蓉！　なんでここに」

温史はきょろきょろと見回した。是雄の無事を知って膝を地面に落とす。その温史の側には髑髏鬼が転がっていた。ぴくりともしない。これも道隆の術によるものだ。

「しっかりしろ！」

残りの二人も片付けて芙蓉は温史の頬を打った。甲子丸が髑髏鬼を持って乱暴に振る。

「や、やめろ。吐き気がする」

髑髏鬼も目覚めた。甲子丸と分かって髑髏鬼は嬉しそうな声を上げた。

「なにがあった?」

「分からん。多くの女どもに囲まれて体中に針を突き刺されていた。まるで地獄ぞ」

髑髏鬼は不安気に辺りを見渡した。

「だからこんな者など当てにはならぬと言ったのだ。これではただの石ころと変わらぬ」

芙蓉は刀を納めて是雄に微笑んだ。

「温史も温史ぞ。あの者らは温史を殺そうとしていた。守りが聞いて呆れる。もう少しで間に合わぬところだった」

「手前にもなにがなんだか——」

温史は芙蓉に叱られてうなだれた。

「おまえはなにを見せられた?」

髑髏鬼は温史に質した。

「言えませぬ」

芙蓉と抱き合いながら術士の道を捨てようと覚悟していたなど口が裂けても言えない。

「芙蓉と抱き合《お》うてでもいたのじゃろう」

「阿呆《あほ》めが」

芙蓉の方が怒って髑髏鬼を叩き付けた。

温史はどぎまぎして見守った。

「それにしても、なんで現われた？」

是雄は芙蓉と甲子丸を見詰めた。淡麻呂の見たものに間違いがあったことになる。

「嘘をついたんだ」

石段をとことこと歩いて来る淡麻呂の大きな頭が見えた。

「知らぬふりして後を追えばいいことさ」

「どこでそんな知恵をつけた」

是雄は噴き出した。是雄を安心させる策だったのである。

「こいつ、道隆って名だよね」

淡麻呂は倒れている道隆の顔を覗いて是雄に訊ねた。

「なぜおまえが名を知っている？」

是雄は眉を顰《ひそ》めた。聞いたばかりの名だ。

「だって遊びに来たもの」

「いつだ！」

皆が同時に驚きの顔を淡麻呂に向けた。

「そのうちだろ。昨日見た夢だ」

「死んだ者が遊びに来るだと」

髑髏鬼は馬鹿にした。

道隆の肩が動いた。呻《うめ》きも聞こえる。

「急所は外しておいた。死にはせぬ」

是雄は髑髏鬼に言いながら嬉しい予感に襲われていた。改心するなら本気で陰陽寮に迎えようかと考えていたのだ。淡麻呂の見た夢は正《まさ》しくそれを伝えるものに違いない。

「儂らはどうすればよい？」

道真が長谷雄と並んで是雄に声をかけた。

洪水の幻の中にあったようで憔悴している。

「一夜の夢としてお別れいたそう」

是雄の言葉に二人は膝をついた。

「淡路廃帝の御霊も幻。関白もそれで騒ぎとはいたしますまい。と言うても鬼への恐れはしかと胸に刻まれているはず。鬼の出るのはご自分のせいと一番にご承知。それを案じて手前を淡路に向かわせたのでござる」

なるほど、と二人は頷いた。

「お命は大事にいたされよ。あんな関白のために捨てては勿体《もったい》のうござる。関白もしばらくは鬼を案じて我を通しますまい」

「弓削是雄どののようなお人が内裏に在ると知っただけでありがたい」

道真は平伏《へいふく》した。

位は変わらずとも置かれている立場に開きがある。是雄は道真の真意をその平伏に見た。


「気持ちは分かるが……」

芙蓉は道真と長谷雄が立ち去ると口にした。

「是雄は人を許し過ぎる」

それに髑髏鬼も同意した。

「気になって式盤《しきばん》を試みてみたのだ」

是雄は打ち明けた。

「だれの運命を見た？」

「菅原さまの先行きをな」

「助けろと出たのか？」

「そこまで詳しくは見られぬ。ただ——」

「なんと出た」

「大臣の位につく」

皆は目を丸くした。

「式盤はいつも嫌なことしか教えてくれぬが、昨夜ばかりは心が弾んだ。当たってくれればいい」

「当たらぬこともあるのか？」

芙蓉は意外な顔をした。

「人の運命は周りの運命に左右される。菅原さまを求める者が居なければ運命も……師の口癖だ。なれど人によって左右されるなら定めと言うまい。若い時分は内心でそう思っていた。しかし、今は違う」

「どうして言い切れる」

「俺の運命が変わった。そなたらとこうして付き合うようになってからな」

「…………」

「そなたらの居るところが俺の家だ」

わっ、と芙蓉は泣き伏した。

「まったく……」

髑髏鬼は大袈裟《おおげさ》に舌打ちした。

「野暮なくせして女を口説くのだけは上手い」

「頭《かみ》はそなたも身内と申されたのだぞ」

涙声で温史は髑髏鬼に言い立てた。

「分かっておる。儂はそれほど野暮じゃない」

髑髏鬼はでへへと笑って空を踊った。

「当分は土に戻さんでくれよ」

髑髏鬼は空から叫んだ。

「芙蓉の体をまだ盗み見ておらんからな」

皆はどっと笑い合った。

解　説

小松和彦

高橋克彦さんは、ミステリー、伝奇、ＳＦ、歴史といった多岐にわたる作品を世に送り出してきた希有の作家である。そんな高橋さんが、昨今ブームの陰陽師・陰陽道を素材にした作品に挑戦したのが、陰陽師・弓削是雄シリーズで、この『長人鬼』もその一冊である。作品の発表順でいえばシリーズ中間の、おそらく高橋さんがもっとも是雄に熱中していた時期にあたるのではなかろうか。

昨今の陰陽師・陰陽道ブームの中心は安倍晴明である。ところが、歴史についても該博な知識をもつ高橋さんは、そんな晴明ブームを眺めながらも、そこから一線を画して、あえて晴明の時代よりも百年も昔に活躍した、現代人にはほとんど無名に近い陰陽師の弓削是雄を取り上げ、彼を晴明に勝るとも劣らないヒーローに仕立て上げようとしたのだ。実際、高橋さんは、是雄シリーズを集成した『弓削是雄全集　鬼』（講談社）の「あとがき」で、「安倍晴明ばかりが持て囃される今に抗うわけではないが、弓削是雄はそれだけの枚数を費やして当たり前の魅力と術に長けた巨人と信じている。なぜ先人たちが弓削是雄を主人公に選んで物語を拵えなかったのか、そちらの方が不思議だ」と述べている。

しかし、この発言は是雄を魅力的な主人公へと造形しえた高橋さんの思いから出たものであって、是雄程度の史実しか伝わっていない陰陽師は他にもたくさんいる。私が思うには、むしろ高橋さんにとって、是雄が生きた時代こそが魅力的であって、この時代をたまたま生きた陰陽師として弓削是雄がいたので、この是雄を物語の主人公に引っ張り出したというのが、本当のところではなかろうか。

それでは、この弓削是雄とは何者なのか。是雄については断片的な記録しか残っていない。それを寄せ集めると、播磨国飾磨郡の出身で、かの有名な弓削道鏡の出身一族とされ、貞観六年（八六四）から貞観一五年（八七三）までは陰陽寮の陰陽師を務め、その後天慶元年（八七七）までは陰陽允《じよう》、さらに仁和元年（八八五）までは陰陽権助《ごんのすけ》、そして同年に陰陽寮の長官である陰陽頭《かみ》になっている。優れた陰陽師だったらしく、『今昔物語集』に、近江の藤原有陰の館に泊まったとき、悪夢を見たと言う穀蔵院の使者である伴世継の未来を占い、妻の愛人である法師から殺されそうになっていた世継を助ける、という話がみえる。平安時代にはその名声は伝えられていたわけである。史実としてわかっているのはこの程度である。生没年いずれも不明である。

是雄が生きた時代は、藤原良房とその養嗣子の基経による摂関政治の形成期にあたるとともに、天変地異や疫病が流行した時代であった。宮廷では藤原氏とそれに対抗する勢力であった橘氏や源氏との政争が繰り広げられており、天変地異を鎮める祭祀が絶えず行なわれていた。例えば、貞観五年（八六三）には、国家主催の最初の御霊会が神泉苑で行なわれた。貞観六年（八六四）には富士山が大噴火し、貞観一一年（八六九）には、三年前の東日本大震災の直後に想起された「貞観地震」が東北で発生している。貞観八年（八六六）には、応天門が放火され、太政大臣藤原良房の陰謀によって大納言伴善男父子が流刑に処されるという事件が起こった。この藤原氏による伴氏（大伴氏）の排斥事件に素材を求めたのが、是雄シリーズの作品である『髑髏鬼』（日経文芸文庫『鬼』収録）である。さらに貞観一八年（八七六）には、奇行の天皇として知られる陽成天皇が清和天皇から九歳で譲位されるが、宮中で源益を殴り殺すという事件に関与したらしく、元慶八年（八八四）に一七歳で退位している。これらの政争の陰で、摂政の基経とこれに対抗する勢力との間に隠微な政争が繰り広げられていたわけである。

史実を挙げるのはこれくらいにしておこう。この時代のこうした動きを一瞥するだけでも、きっと作家ならば、面白い時代だと思うのではなかろうか。それに気づいた高橋さんは、是雄という陰陽師をいわば作者の想像力の「依り代」「宿り木」にしながら、当時のあるいは後世の説話などを素材にしながら想像力を豊かに膨らませて、現代人が大いに楽しめる物語をつむぎ出そうとしたのである。是雄が託された役割は、表向きは陰陽頭としての役割、すなわち陰陽寮の職務を忠実に遂行する官僚である。だが同時に、式盤を用いての占いや式神の駆使や呪符を用いて、鬼や敵対する術士と戦う陰陽道の術士、さらには謎めいた事件を推理し解決する「探偵」の役割をも託されている。

さて、ここで少し、この作品の内容についても述べておこう。時代設定は、光孝天皇が即位した元慶八年（八八四）から三年近く経った仁和三年（八八七）頃のことである。『髑髏鬼』のなかで、是雄の年齢を貞観八年（八六六）に一九と設定しているので、是雄のこの時の想定年齢は四〇歳くらい。物語は、宮廷内にあって、いずれもこの基経の政治をひそかに快く思っていない陰陽頭の弓削是雄、讃岐守の菅原道真、少外記の紀長谷雄といった人物を中心に展開する。周知のように、道真は後に参議から右大臣にまで登りつめた文人政治家であり、長谷雄は後に文章博士となった学者であって、道真と長谷雄は学問上の師弟関係にあった。また、この是雄の仕事を助ける

「助手」は、弟子の陰陽生・紀温史、未来を幻視する能力をもつ蝦夷出身の淡麻呂、陸奥で山賊の頭目をしていた男勝りの女性である芙蓉、酒と女への未練のゆえに成仏できない魂が髑髏に宿っている髑髏鬼。物語はこの四人の風変わりな助手たちとの軽妙な会話を中心に展開していく。これらの「助手」は、これまでのシリーズ作品で「敵」として登場してきた者たちである。是雄はかれらを次々に「仲間」にしてきたのであった。今回新たに登場した「助手」は紀温史で、彼と紀長谷雄が同族の関係にあるというふうに設定されており、これが物語の展開上、きわめて重要な伏線となっている。

ところで、私のような怪異・妖怪伝承に興味を持つ者にとって興味深いのは、これら奇怪な事件の素材として、『今昔物語集』などに収められた説話が巧みに利用されていることである。例えば、長谷雄が温史に語る、鬼と双六の勝負をして勝ったので、きれいな女性の死骸の部分部分を寄せ集めて作った美女を貰い受けたというエピソードは、『長谷雄草紙絵巻』の話に求められ、宴の松原で女官が鬼にさらわれバラバラ死体となって発見されるというエピソードは、『今昔物語集』巻二七・第八「内裏の松原において、鬼、人の形となりて女を喰う語《こと》」に求められる。陰謀に加担した播磨の術士・道隆（この名は蘆屋道満を想起させる）が是雄と術を競い、是雄に敗れた後、是雄に弟子入りするエピソードは、おそらく『宇治拾遺物語』の巻一一・三「晴明を試みる僧の事」などに求めているのであろう。そして、これらのエピソードをじつに見事に大きな物語のなかに取り込み、さらにいえば、その織り上げ方が、多様な小説ジャンルで活躍する作者らしく、ミステリー仕立ての伝奇小説となっているところにこの作品の特徴があると言っていいだろう。探偵としての是雄は、羅城門に出現する巨大な鬼などの「謎」を、結末で解き明かしてみせるのだが、それは「お見事！」と言わざるをえないほど巧みである。

高橋さんの手によって、いま、晴明とはまったく異なった造形がなされた魅力的な陰陽師「探偵」・是雄が誕生したのだ。助手たちのキャラクターも斬新である。とすれば、もっともっと活躍して欲しいと思うのは、私一人ではないだろう。ところが、次々に「助手」を増やして「暗黒の支配者との対決を頭に描いている」と述べたまま、このシリーズは中断している。これはとても残念なことだ。物語をさらに積み上げ、晴明に拮抗するような物語キャラクターへと高めて欲しいと思う。

（こまつ・かずひこ／民俗学者）

○「鬼」シリーズ　作品&著作リスト

「視鬼」「別冊歴史読本」一九九一年冬号①
「絞鬼」「週刊新潮」一九九四年六月九日号②
「魅鬼」「小説新潮」一九九五年二月号③
「髑髏鬼」「小説すばる」一九九六年五月号④
「夜光鬼」「小説ｎｏｎ」一九九六年六月号⑤
『鬼』角川春樹事務所　一九九六年七月刊　函入り　①②③④⑤を収録＝A
『白妖鬼』講談社文庫　一九九六年一〇月刊　文庫書き下ろし⑥
「紅蓮鬼」「日刊ゲンダイ」一九九八年九月一日〜一一月二一日連載⑦
『鬼』ハルキ文庫　一九九九年五月刊＝A
『長人鬼』ハルキ・ホラー文庫　二〇〇〇年八月刊　文庫書き下ろし⑧
『空中鬼』祥伝社文庫　二〇〇〇年一〇月刊　文庫書き下ろし⑨
『鬼』ハルキ・ホラー文庫　二〇〇〇年一一月刊＝A
『鬼』講談社文庫　二〇〇二年二月刊＝A
『紅蓮鬼』角川ホラー文庫　二〇〇三年一月刊　⑦に大幅加筆した文庫オリジナル＝B
「妄執鬼」「小説現代」二〇〇四年二月号、三月号⑩
『弓削是雄全集　鬼』講談社　二〇〇五年八月刊　函入り　②④⑥⑧⑨⑩を収録

『紅蓮鬼』　角川文庫　二〇〇八年八月刊＝B

○日経文芸文庫ラインナップ

『鬼』＝A　二〇一三年一〇月刊
『紅蓮鬼』＝B　二〇一三年一〇月刊
『白妖鬼』⑥　二〇一三年一二月刊
『長人鬼』⑧　二〇一四年一月刊　**本書**
『空中鬼・妄執鬼』⑨＋⑩　二〇一四年二月刊行予定

＊本書は二〇〇〇年八月に角川春樹事務所のハルキ・ホラー文庫から書き下ろし作品として刊行された同名書を再文庫化したものです。

日経文芸文庫

長人鬼《ちょうじんき》

2014年1月8日 第1刷発行

著者 高橋克彦《たかはしかつひこ》

発行者 斎田久夫

発行所 日本経済新聞出版社
東京都千代田区大手町1-3-7 〒100-8066
電話(03)3270-0251(代)
http://www.nikkeibook.com/

ブックデザイン アルビレオ

印刷・製本 凸版印刷

Printed in Japan ISBN978-4-532-28026-0

日経文芸文庫　刊行に際して

長く読み継がれる名作を多くの人にお届けするため、私たちは日経文芸文庫を刊行します。

極上の娯楽と優れた知性、そして世界を変えた偉大なる人物の物語。私たちが考える「文芸」は、小説を中心とする文学はもとより、文化・文明、芸術・芸能・学芸の魅力を広く併せ持つものです。

すべての時代において「文芸」の中心には人間がいて、その人間の営みが感動と勇気を与えてくれます。良質の文芸作品を、激変期を生きる皆様の明日への糧にしていただきたい。そう私たちは切に願っています。

二〇一三年十月

日本経済新聞出版社

日経文芸文庫　好評既刊

鬼

高橋克彦

鬼や悪霊が跳梁跋扈する平安の都で密命を受け立ち向かう陰陽師たち。歴史伝奇小説の大家による壮大な物語が始まる！　安倍晴明らが登場する鬼シリーズ第一弾。

紅蓮鬼

高橋克彦

延喜八年、男たちが惨殺された。下手人は若い娘。調査に乗り出した賀茂忠道が快楽の果てに見たものは？　陰陽師の賀茂一族と鬼との壮絶な闘いをスリリングに描く。

白妖鬼

高橋克彦

物狂帝と呼ばれた天皇が譲位し、術士たちは謎の集団に襲撃された！　陰陽師のニューヒーロー・弓削是雄が仲間とともに繰り広げる、人心を操る鬼との死闘。

花と火の帝　上・下

隆慶一郎

次々無理難題を押しつける徳川家康・秀忠親子。16歳で即位した後水尾帝は「天皇の隠密」とともに幕府と闘う決意をする……著者絶筆となった歴史伝奇ロマン大作。

日経文芸文庫　好評既刊

黄金海流
安部龍太郎

江戸に流通革命をもたらす築港計画に忍びよる影……濁流のごとくぶつかりあう思惑に謎の剣客の暗躍。江戸、下田、伊豆大島で展開する海と剣のサスペンス。

煬帝　上・下
塚本青史

聡明で美しい少年は中国最凶の暴君になる――。隋を二代で滅亡させた皇帝の波乱に満ちた生涯を描く歴史ロマン大作。第1回歴史時代作家クラブ賞作品賞受賞作。

男たちの好日
城山三郎

昭和初期、電気化学工業を興し「国の柱」になろうと一生を捧げた男。その活躍や苦悩を通じ「男にとっての好日」とは何かを問うた、城山文学円熟期を象徴する傑作。

書店員の恋
梅田みか

「お金と愛、どっちが大事?」――自分の店を持つという夢に生きるフリーターと、ベストセラー作家。二人の男性の狭間で揺れ動く女性の「ピュアな恋」の物語。